帝国電撃航空隊 1
陸海合同作戦始動！

林　譲治

コスミック文庫

この作品は二〇一九年一二月に電波社より刊行された『帝国電撃航空隊1』を加筆訂正したものです。

なお本書はフィクションであり、登場する人物、団体等は、現実の個人、団体、国家等とは一切関係のないことを明記します。

目　　　次

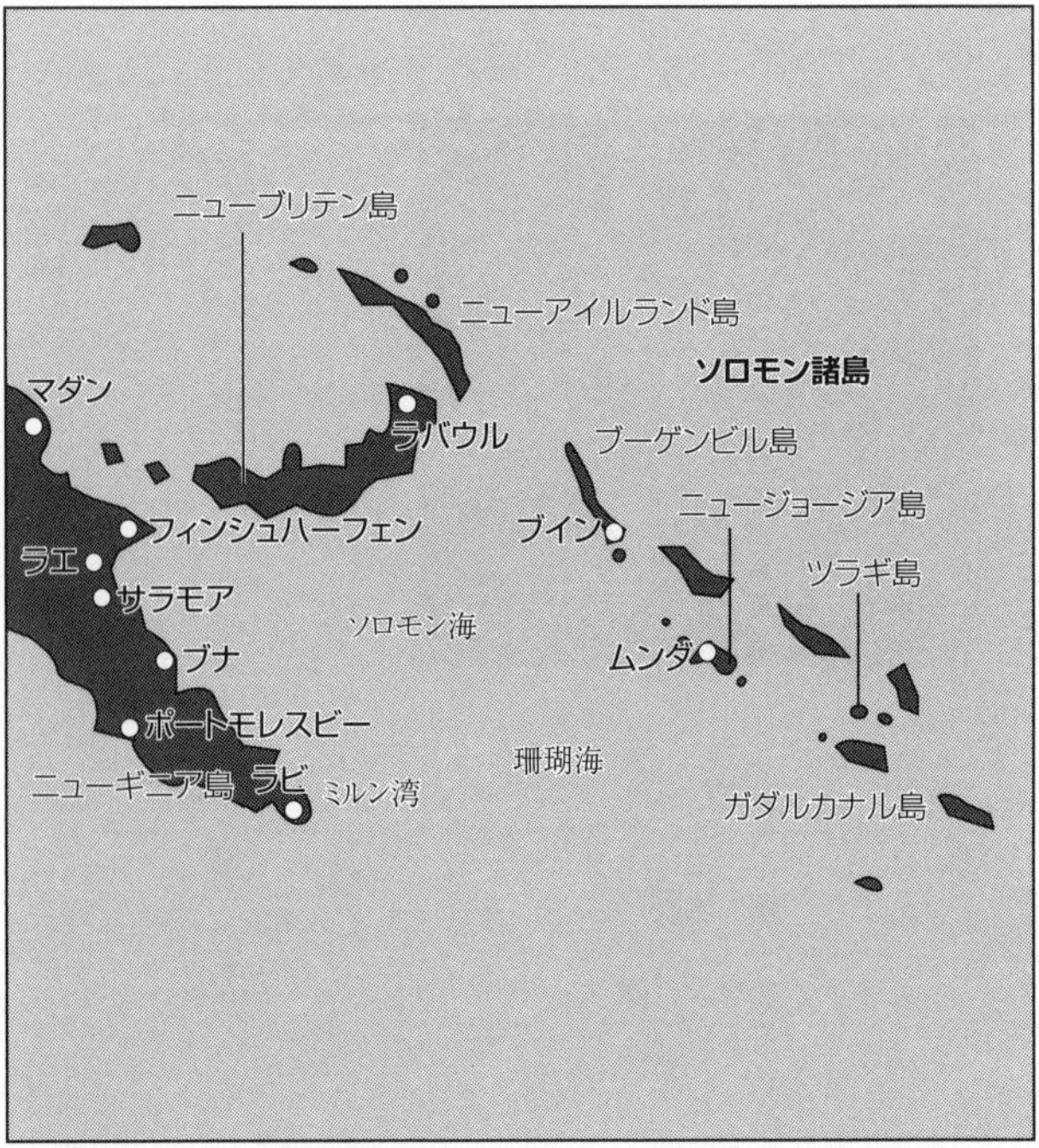
ニューブリテン島
ニューアイルランド島
ソロモン諸島
マダン
ラバウル
ブーゲンビル島
ニュージョージア島
フィンシュハーフェン
ブイン
ラエ
ツラギ島
サラモア
ソロモン海
ムンダ
ブナ
ポートモレスビー
珊瑚海
ニューギニア島
ラビ
ミルン湾
ガダルカナル島

プロローグ　ミッドウェーの悪夢

　昭和一七年六月五日、ミッドウェー島沖。

「電探はなんの役にも立たなかったか……」

　戦艦榛名《はるな》の岩渕三次《いわぶちさんじ》艦長は、ほんの三〇分たらずの出来事が信じられなかった。

　真珠湾で米太平洋艦隊に大打撃を与え、セイロン沖でイギリス艦隊を沈黙させた無敵の第一航空艦隊。それがたった三〇分たらずで、加賀、赤城、蒼龍《そうりゅう》の三隻を失う結果となった。

　いや、失うというのは尚早か。三隻は大炎上しているが、あるいは鎮火すれば救えるのかもしれない。

　しかし艦橋から見える範囲で、これらの空母が救えるとは思えない。なぜならこれらの姿は、過日、自分たちの攻撃を受けた艨艟《もうどう》の姿に酷似していたからだ。

「なぜこうなった！」

岩渕艦長は思う。この悲劇は回避できたはずだと。

いま思えば、すべての始まりは〇五一三の水偵からの報告にあったのだろう。水偵は敵艦隊に空母を発見したと打電してきた。

一航艦の航空隊は敵艦隊を撃破すべく、対艦攻撃の準備を進めていた。だが、第一次攻撃隊から「二次攻撃の要あり」の無線を受け、航空隊は対艦爆弾から陸用爆弾に換装したり、魚雷を爆雷に替えるなど、大騒ぎとなった。

それが一段落した頃に水偵の報告があった。〇五三〇には、再度の兵装転換命令が出される。

だが、〇五四〇から第一次攻撃隊の収容が始まり、それが〇六一八に終わるまで、兵装転換はできなかった。

もし、それを行っていなければ、攻撃可能な機体から敵に攻撃を仕掛けられただろう。しかし、編制未完の部隊を出撃させることは損害が大きいとの判断から、兵装転換が完了するまで出撃は認められなかった。

こうして再度の兵装転換が慌ただしく行われているなか、戦艦榛名の電探が敵編隊の接近を察知した。

電探、つまり電波探信儀は開戦前より技研で研究が進められていたが、開戦後に大型軍艦を中心に試験的に搭載が行われている段階だった。

じっさい榛名の電探は機動部隊が濃霧で航行が難しいなか、各艦の位置関係を通報し、部隊が安全に航行することを助けていた。

榛名に自ら電波を出す電探が搭載されたのは、ミッドウェー海戦が否応なく強襲になるとの予測から、敵をいち早く察知する点を評価されてのことである。

ただ、電探自体がまだ開発中の機械であることもあって、作戦の中での電探運用は未確定だった。濃霧での活躍も電探の情報提供であって、陣形や航路などの命令は南雲《なぐも》司令長官から出された。

つまり、南雲の命令を遂行するために榛名の電探情報が活用されただけで、部隊でそれをどう活用するかについて、公式には何も決まっていなかった。

ただ岩渕艦長を含め、これがそれほど重要なこととの認識は艦隊になかった。この問題が露呈したのが〇七一〇のことだった。

「電探に反応あり！　敵編隊接近中！」

榛名の電探は濃霧で結果を出したことからもわかるように、航海科が担当していた。そのため敵編隊の接近を知ったのも航海科である。

航海科から岩渕艦長へ報告があり、岩渕から通信科に赤城への伝達を命じる。

この過程で数分の時間が無駄になったが、ここで痛恨の行き違いが生じる。

榛名から赤城へは、長官名で迎撃等の対応を期待して電探の情報を伝達した。だが、赤城の通信科はあくまでも榛名から赤城への通信と解釈し、なぜかその通信は後まわしにされてしまった。

おそらくは、航空隊の通信や空母間の通信を最優先した結果だろう。旗艦である空母赤城には通信文がたまっていた。

だから敵編隊の接近を最初に知ったのは、電探の通信文を受けた赤城ではなく、周辺を警戒していた戦闘機隊だった。

まず、〇七二三に空母加賀に九機の敵機が爆撃を試み、四発の爆弾が命中してしまう。一航艦のすべての空母が兵装転換の最中であり、空母に爆弾が命中したのではなく、爆弾、魚雷がならぶ飛行甲板のただ中に爆弾が命中したのである。

空母加賀は飛行甲板をはじめとして、一面が炎に覆《おお》われた。

次は〇七二五に、今度は空母蒼龍に一二機の爆撃機が攻撃を仕掛け、三発の爆弾が命中する。これもまた、兵装転換のために瞬時に大火災に見舞われた。

そして、〇七二六に空母赤城もまた敵機の攻撃を受ける。攻撃機は三機だったが命中弾は二発。しかし、飛行甲板にはそれ以上の爆弾が展開されていた。

こうして〇七三〇までには、一航艦の四隻の空母のうち、三隻までもが大火災に見舞われていた。

南雲司令長官は将旗を戦艦榛名に移した。これにより岩渕は自分たちの報告が、まったく一航艦司令部に届いていないことを知った。

問題は電探にはなく、それを有効に活用できなかった自分たちにあった。

それは岩渕にとって、自分たちの落ち度ではない点で多少の慰めにはなったが、それ以上に状況の理不尽さに対する怒りのほうが大きかった。

空母戦力は飛龍《ひりゅう》一隻となった。聞けば山口司令官は兵装転換など行わず、その場で出撃を意見具申していたらしい。しかし、それは取り入れられなかった。

結果をいえば、その意見さえ聞いていたならば、空母部隊は被弾してもここまでの惨状にはならなかっただろう。それどころか攻撃隊の働きで、敵空母部隊は一航艦に反撃できなかったかもしれないのだ。

しかし、現実は現実だ。三隻の空母は炎上している、すべては指揮官の采配の失敗だ。

岩渕艦長が腹立たしいのは、事態をここまで悪化させた南雲忠一《ちゅういち》という人間に、微塵《みじん》も当事者意識が感じられない点だった。あまりの出来事に呆《ほう》けているならまだわかる。だがそんなことはなく、南雲は平然と榛名への旗艦の移動を進めている。

通信科からは、飛龍の航空隊がヨークタウン級空母を撃沈したとの報告も入っていた。それは明るい情報ではあったが、明るい情報はそれだけだ。

空母はすでに誰の目にも救えないことは明らかだった。艦内の塗料が延焼しているという信じがたい話も聞こえている。

「空母は雷撃処分するよりあるまい」

南雲司令長官は、ついにその決断を行った。誰もそれ以外に選択肢はないとわかっていた。ただ、南雲の指揮官らしい決断はこれくらいだ。

指揮官らしい仕事は源田《げんだ》や淵田《ふちだ》という幕僚たちが行っていた。

加賀、赤城、蒼龍の残存機を飛龍に着艦させ、搭乗員を最大限に救おうとしていた。さらに攻撃隊を再編成する作業も指揮している。

そうしたなかで一三一二、榛名の電探が再び敵編隊を捕捉する。

「戦闘機隊を至急その方向に向けよ！」

それは源田の発言であったが、すぐに榛名の無線機は零戦隊にそれを命じた。

一航艦の参謀たちは、羅針艦橋から敵機が接近するであろう方位にそれぞれ双眼鏡を向ける。さすがに岩渕艦長はそんな真似はしなかったが、空に黒煙が走るのが見えた。空戦が始まっているらしい。

それはしばらく続いた。

「敵は阻止されたな」

淵田中佐がつぶやく。

「なぜわかる？」

それを尋ねたのは源田参謀だった。

「阻止されていなければ、飛龍はすでに爆撃されている」

そして淵田中佐は言う。

「蒼龍艦長は電探なくして戦闘なしと口にしていたが、卓見《たっけん》であった。なぜ、あれだけの人物が逝ってしまったのか……」

蒼龍の柳本《やなぎもと》艦長が電探の装備を強く主張していたことは、榛名の艦長として岩渕も知っている。

「空中線が離発着の障害にならないなら、蒼龍に装備してもらうのだが……」

榛名の電探を羨ましそうに見て、そう言う柳本を見たのは、つい最近のことではなかったか。

こうして連合艦隊司令長官よりミッドウェー作戦の中止が正式に命じられる。一航艦は三隻の空母を失い、五航戦の瑞鶴《ずいかく》と翔鶴《しょうかく》のほかは飛龍のみとなった。一航艦の戦力は一日にして半減した。

第1章　第三艦隊

1

「山田くん、今日はどうする？」

井上成美《しげよし》航空本部長は愛車であるインディアン・スカウト101にまたがりながら、かたわらの陸王に話しかける。陸王には山田吾郎《ごろう》技術少佐が乗っていた。

「基地の敷地を一周してタイムを競うのはどうでしょう？　木更津《きさらづ》空《くう》の施設には我々も手を加えてみました。航空本部長にざっと見ていただければ」

山田の提案に井上はうなずく。

「実地見聞か、よかろう。山田くん、先導してくれ」

「わかりました。本部長、遅れないでくださいよ」

「私が君に遅れを取ったことなどあるかね！」

陸王が前進すると、すぐにインディアンがその後に続いた。

昭和一七年のこの頃、井上成美航空本部長の楽しみといえば、V型二気筒七五〇CCのインディアン・スカウト101を乗りまわすことであった。

さすがに齢《よわい》五〇を過ぎて東京都内を飛ばすような真似はしなかったが、彼は航空本部長である。横須賀や千葉など、首都圏に近い飛行場に赴《おもむ》き、滑走路を端から端まで疾走する。

良くも悪くも首都圏にはオートバイ愛好会も多く、海軍にも海軍横須賀鎮守府モーター倶楽部という同好会がある。

「帝国の機械産業を下支えするために海軍軍人たるもの、日々モーターサイクルに親しまねばならない」

それは、半分は建前であり、半分は本心でもあった。井上の場合は、中将の自分が好き勝手にオートバイに乗っているのだから、若い連中も遠慮することはないというメッセージも含んでいた。

井上は海軍のモーター倶楽部だけでなく、「房総ではなく暴走だろう」と揶揄《やゆ》される房総オートバイ愛好会と横浜二輪の会にも席を置いている。

ただこちらは海軍のそれとは異なり、いささか生臭い側面もある。房総オートバイ愛好会には陸軍戦車学校関係者や輜重兵《しちょうへい》学校、陸軍自動車学校関係者も多く属している。

独身で給与のすべてをオートバイに注ぎ込んでいる下士官や下級将校はともかく、安くなったとはいえ、自前でオートバイを購入できる軍人とは佐官級以上が多く、当然、陸軍でもしかるべきポジションにいる。だからここでの集まりは、否応なく陸海軍幹部の情報交換の場となった。

陸海軍ともに中央にはそうした情報交換に渋い顔の人間もいたが、法律に違反しているわけでもなく、井上のような将官に苦言を呈する人間はいなかった。

それに渋い顔をする人間たちにしても、ここで得られた陸海軍情報を重宝しているのも確かであった。

横浜二輪の会は、そういう意味では軍人はほとんどおらず、高級官僚や銀行をはじめとする実業家が多い。つまり、井上としては政財界の情報を、政財界側は軍部の情報を交換する場となっていた。

井上航空本部長としては、国防の中核は陸上基地を根幹とする航空戦力と考えていたので、陸軍との協力関係も重要なら、航空機産業を支える製造業や金融業の実力も重要だった。

井上はこうした形で、自分の構想の同調者を着実に増やしていた。それがどこまで効果があったのかはわからないが、無意味ではなかったらしい。

というのは、朋友の山本五十六《いそろく》連合艦隊司令長官から、「及川《おいかわ》さんが井上さんを第四艦隊に追い出すと言っていたらしいのだが、四艦隊の高須《たかす》さんが動かないと言い出したために立ち消えになったよ」と聞いていたからだ。

及川古志郎《こしろう》海軍大臣が井上を煙たく思っているのは知っている。会議で海相の自分を怒鳴りつける中将に、確かに好意は抱けまい。

それよりも、あまり交友のない高須中将が「井上を中央から飛ばすくらいなら、自分は四艦隊から動かない」と言ってくれたことは驚きでもあり、嬉しくもあった。

知英派であり、三国同盟などに井上同様、反対の立場の彼だからこそ、及川の人事に反対したのだろう。

そうは言っても、四艦隊から一艦隊司令長官とは、栄転と言って間違いなく、それを振ってまで井上を中央に置いてくれた彼の決意に、井上は頭を垂れるしかなかった。

ともかく、井上はいまも航空本部長として滑走路の上をインディアンで疾走する。

別に国産でもよかった。と言うより自分の立場では国産のオートバイに乗るべきで、じっさい陸王も持っている。

ただ海軍の航空本部長という社会的地位も考えると、あえて海軍の顔として高級車を乗りまわさねばならないことも多いのだ。


木更津空の施設には色々と工夫した。山田の言う意味は基地内を走っていて、すぐにわかった。施設のあちこちに前にはなかった、カマボコのような建物がいくつも見えたからだ。

井上は山田の横に出ると、そのカマボコの説明をするように手で示す。山田もそうした反応を予測していたのか、徐行してカマボコ型の建物の横に止まる。

「以前お話した、島嶼帯《とうしょたい》における急速設営の実験の一環です」

カマボコは深い緑色に塗られていた。高さは三メートル、幅は六メートルほどあり、長さは二〇メートルほどか。素材は見た限りでは鉄板に見えたが、どれも形状が波打っている。

「鉄板かね」

「車両に用いる高張力鋼の波状鋼板です。最近では歩留まりも向上して、かなり安くなりました。

基本はわん曲した縦横三メートルほどの鉄板です。これをボルトで固定すると、一時間か、長くても二時間あれば、この程度の建物が出来上がります。外からはわかりませんが、床材も三メートル四方の板をボルトで固定します」

「基礎とかはどうする？」

井上は建築の素人だが「海軍の空軍化！」と長らく唱えていれば、門前の小僧で野戦築城についてもそこそこの知識は身についた。

「最初はブルドーザーで整地したら、更地《さらち》に板を組み合わせてそのまま建設します。あくまでも上陸したその日の住居確保が主目的なので。

地面の沈下も時間とともに起こるでしょうが、衛生環境の悪化と比較すれば、それくらいなんら問題になりません。気密度が高いので、蚊によるマラリアの被害を防げますから。

基地の設営が一段落したら、改めて基礎を工事し、兵舎を分解して組み立て直せばすみます」

「なるほど、二時間で建設できるなら、組み直したほうが早いか」

山田によれば、すでに一部では実戦でも活用されているという。一つはマレー作戦で、陸軍航空隊がコタバル飛行場を占領した際に、このカマボコ兵舎を設営し、効果をあげているという。

いろいろな効果があるが、マラリアや赤痢《せきり》患者が急減したのは、部隊の稼働率に大きく寄与しているという。

それは井上も、航空本部長として聞き逃がせない。疾病疾患については戦闘によるものばかりを考えがちだが、感染症こそ真の脅威だ。それが軽減できるだけでも、カマボコ兵舎の意味は大きい。

換気や冷暖房については別途工夫がいるとしても、これは南方からシベリアまで使えるということで、陸軍設定隊と海軍設営隊などが機材開発に協力しているという。

むろんそれは建前で、稟議《りんぎ》は山田もメンバーである房総オートバイ愛好会で着実に進められていたらしい。井上としては、期待した成果が現れたことがなによりも嬉しかった。

もう一つの実戦運用は占領したウェーク島での実験だという。世が世なら井上がついていたはずの第四艦隊司令長官の高須中将が、及川海相や永野《ながの》軍令部総長にねじ込んで、戦艦伊勢と日向《ひゅうが》を第四艦隊に編組したのだ。

このへんは先の艦隊人事に関するあれこれが背景にあるらしい。ともかく、第四艦隊に編組された二戦艦の艦砲射撃によりウェーク島は陥落したのだという。

小さな島に多数の砲弾が撃ち込まれ、島のインフラはほぼ完全に破壊されたため、カマボコ兵舎の緊急設営が急務であったというのだ。幸い整地済みの土地なので、基礎の心配をせずに設置できたとのことだったが、それでも砲弾痕にはいささか閉口したらしい。

高須司令長官はあくまでも作戦遂行を優先しただけの話だが、戦艦投入によるウェーク島陥落は海軍にも少なからず影響を与えていた。

なにしろ真珠湾奇襲とマレー沖海戦で、「航空機の前に戦艦は時代遅れ」という潮流が、まさに「戦艦なら航空基地を鎧袖一触《がいしゅういっしょく》で粉砕できる」という流れになったためだ。

これにより戦艦同士の艦隊決戦という古い戦術は捨てられた一方で、航空基地攻撃などで戦艦は航空戦力を無力化できるという考え方が、従来の艦隊派人脈で唱えられるようになっていた。

海軍は基地航空隊中心で行くべきという井上航空本部長にとっては、基地破壊の話でも海軍の戦術論が航空基地中心で動き出すのは望ましいことであった。

「委任統治領の基地化は進んでいますが、あちらは宿舎その他、事前の開発が長年行われているので、海軍としての実戦運用はウェーク島が最初になります。あとは少し遅れてラバウルでも建設されましたが、あちらは規模が大きいので、付属設備の面で経験が積めました」

山田はまだ何か言いたそうだったが、その内容は井上にもわかっていた。ただその案件に対して航空本部長としては、なかなか明快な返事をできないでいることに彼は内心恥じてもいた。

航空本部長として中央に残っているからには、なすべきことをなさねばならない。しかし、なすべきことをなすことこそ、中央ではもっとも難しいのも事実なのだ。

それでも井上が、件《くだん》の話題を口にしようとした時、側車付き自動二輪（サイドカー付きオートバイ）に乗った伝令が彼のもとに現れた。

「連合艦隊司令長官が至急、航空本部長にご足労願いたいとのことです！」

2

「遊ぶなという野暮なことを言うつもりはないが、航空本部長は海軍の重職なのだから無茶な真似は控えていただきたい。戦時下で、井上さんのような人材を失うわけにはいかんのだ」

山本五十六連合艦隊司令長官は、新たに連合艦隊旗艦となった戦艦大和の応接室で井上航空本部長を迎えた。

「オートバイに乗るなと？」

「いまのような状況ではな」

井上はそれに反論しかけたが、山本の「いまのような状況」という言葉にそれをやめる。山本の表情に疲れたものが見えたからだ。

理由はある程度、察しがつく。つい先日、ミッドウェー海戦が終わったためだ。空母一隻が大破したほか、上陸船団が敵に発見されたことで、作戦は延期されたと聞いている。

ミッドウェー作戦について、当初は連合艦隊の総力をあげて戦艦部隊も投入するようなことも言われていたが、軍令部からの強い反対で、一航艦と付属部隊に縮小されていた。

「連合艦隊を総動員しなければならないほどの敵部隊が現れるわけがない！」、それが理由である。

そこは山本が折れて、だから戦艦大和は呉から首都に近い横須賀に移動し、連合艦隊司令長官の将旗を掲げていた。

それやこれやで山本の心労が重なったのは想像にかたくない。空母一隻が大破して、戦果は何もないでは、連合艦隊の作戦もこれからは掣肘《せいちゅう》を受けることになろう。

「航空本部長は、ミッドウェー作戦の結果はご存知か」

それも無茶な話だった。連合艦隊司令長官から軍令部や海軍省、つまり大本営海軍部への報告がない限り、航空本部長といえども戦果の詳細を知る立場にはないのだ。

「空母一隻大破とラジオでは聞いておりますが。それにより作戦は延期と」

井上の言葉を聞き、山本は告げる。

「ミッドウェー作戦は延期ではなく中止です。そして一航艦は参加した大型正規空母四隻のうち、三隻までも失った。無傷なのは飛龍のみです。あとは飛龍に救われた三空母の搭乗員たちと」

「そうですか……三隻ですか」

井上航空本部長は、自分でも驚くほど山本の話を冷静に受けとめられた。

もともと井上は航空母艦の脆弱性《ぜいじゃくせい》を指摘しており、それゆえに海軍航空の中心は陸上基地にすべきと主張してきた。その井上からすれば、空母三隻の喪失は大打撃ではあったが、しかし、ある意味で予想していた事態でもあった。

「やはり、あんたは驚かんな」

山本は疲れた表情の中に笑みを浮かべる。

「現在、一航艦の再編が進んでいる。正確にいえば、ミッドウェーの教訓を生かした艦隊再建だ。

一航艦は解隊し、第三艦隊が新編される。そこには三個航空戦隊が含まれる」

「空母三隻を失ったのに？」

「一航戦は空母瑞鶴、翔鶴だ。これに伴い五航戦は解隊となる。二航戦は飛龍と瑞《ずい》鳳《ほう》。ただ瑞鳳に関しては、今後、新造空母で置き換わるかもしれん。そして三航戦は飛鷹《ひよう》、隼鷹《じゅんよう》だ。就役したばかりの空母だが、生還できた加賀、赤城、蒼龍の搭乗員を核に再編となる。

それだけでなく、これら空母を守る護衛戦隊と電探搭載の艦艇が敵部隊の動きに対処することになる」

井上は思い出した。作戦に参加していた戦艦榛名には電探が搭載されていたことを。航空本部長としても基地防衛の観点から電探のことは気になった。

「電探は役に立たなかったのですか」

山本はその問いに対して複雑な表情を浮かべた。

「それに関してはイエスともノーとも言える。空母飛龍が無事なのは、電探が敵編隊を早期に察知し、それを迎撃することに成功したおかげだ。

だが、問題はより複雑だ。三空母はほぼ同じ時刻に撃破された。それを攻撃した敵編隊を榛名の電探は捉えていた。

しかし、その情報は円滑に空母部隊には通報されなかった。言い換えるなら我々は電探の正しい扱い方を知らなかった。それゆえに敵襲を察知しながら、敵に遅れをとってしまったのだ」

「我々が電探の扱いに習熟していたら、三空母は失われなかったと？」

山本は無言でうなずいた。

「我々の敗因を言うならば、電探のような機械の問題ではない。飛龍が救えたのは電探のおかげと言えようが、三空母を失ったのは電探が悪いのではない。

直接の原因は兵装転換を繰り返しているなかで敵襲を受けたことだ。三隻の空母が二、三発の爆弾だけで沈められたのも、兵装転換により甲板に爆弾や魚雷が散乱していたためだ。つまりは誘爆が原因だ」

その状況は井上にも容易に想像がついた。彼が海軍の航空戦備の充実を唱えながらも、それを空母としなかったのも、空母が本質的に持つ脆弱性のためだった。

しかし、どうも山本はこの点ではいささか井上とは見解が異なるらしい様子が見て取れた。

「誘爆が起きたとしても、空母があまりにも脆弱だったのはなぜか。それはいま造船官たちが調査中だ。色々な理由があるようだが、例えば電線が燃えて火災が延焼することや、艦艇の塗料が燃え上がるという予想外の事態も報告されている」

「塗料が燃える……」

ペンキが燃えるかと言われれば、燃えるかもしれないと井上も思う。しかし、海軍艦艇の塗料が燃えるとなれば話は違う。事は空母の脆弱性にとどまらない。日本海軍艦艇全体の問題だ。

井上がいくら海軍の空軍化と言っても、すべての軍艦が不要とまでは言っていない。国防の中核戦力に何を充てるのが日本にとって合理的かという話であり、艦艇否定論ではない。

国家予算が限られているなら、戦艦より飛行機を作るべきという話なのであり、いまある戦艦をスクラップにしろと言ってるのとは違う。

　だからこそ、艦艇全般に塗料の延焼という問題があることにショックを受けたのだ。

「作戦には矛《ほこ》と盾《たて》がいる。基地航空隊は敵を迎え撃つ盾にはなろうが、敵に打って出る矛としては使えない。そこは空母の役割だ。だからこそ、空母部隊の強靭化《きょうじんか》を図らねばならない」

「それを航空本部長である自分にやれと？」

　そういう話なら、空母強靭化に航空本部長が関わるというのもわからないではない。

　ただ違和感はある。そういう話なら、及川海相なり永野軍令部総長が井上にするのが筋であり、連合艦隊司令長官からというのはいささか筋違いな気がする。少なくとも順番は違う。

「いや、井上さんにご足労願ったのは別のことだ。話は二つある。

　一つは井上さんが提案し、赤レンガでとまっている電撃設営隊を連合艦隊で具体化したい。それについて協力してほしい」

「電撃設営隊を！」

「失った空母を再建するにはどうしても一年、二年はかかる。その間、空母を補うためには基地航空隊に機動力を与えねばならん。迅速に基地を建設し、敵に休む間も与えず痛打するのだ」

山本は断言した。それは井上には予想外の展開だった。

電撃設営隊とは、機械化した設営隊を高速船に乗せて島嶼などに展開し、ゼロから二ヶ月以内に基地を完成させるというものだった。

高速船は遠浅の海岸に大発のようにそのまま乗り上げ、トラクターなどが前進し、機材の搬入を進め、上陸したその日から工事にかかるというものだ。

それらの機材は、トラクターなどは陸軍の担当、高速船は海軍の担当で、船の設計もできており、何隻かは陸軍用に建造され、大陸でも活躍しているという。

だが肝心の海軍のほうは、島嶼戦への関心が低いことと、海軍設営隊もブルドーザーやトラクターなど、そこそこの機械化が進んでいることなどから、電撃設営隊を編成する必要性を認められなかったのだ。

「しかし、いまから高速船を建造しても、半年はかかりますが」

「陸軍の船舶を海軍が借用し、半年後の新造船で精算する。そのへんで交渉は可能ではないか？

詳細は井上さんに一任する。房総オートバイ愛好会にも、そのへんに通じている人物がいるのではないか？　ともかく連合艦隊は電撃設営隊を欲しているのだ」

「オートバイ遊びは慎《つつし》めとおっしゃいませんでしたか」

「遊びではない。これは公務だ」

山本は初めて笑った。

「さて、井上さんに頼みたいことは、もう一つある」

おそらくそれが本題だろうと井上は直感した。

「連合航空艦隊の司令長官についてもらいたい」

「連合航空艦隊！」

それも無茶な話だと井上は思った。

そうした海軍部隊の新編などは連合艦隊司令長官の職務ではなく、海軍省や軍令部の話だ。とはいえ海軍次官経験者の山本の力をもってすれば、そうした部隊が連合艦隊傘下に新設されないという保証はない。

「陸上基地と空母航空隊は盾と矛という話はしたが、だからこそ航空部隊として両者の連携を合理的に行える人間が必要だ。航空本部長経験者の井上さんなら、うってつけだ」

「具体的には山本長官はどんな構想を？」

「空母部隊の第三艦隊と基地航空隊の第一一航空艦隊の上部機関となる。さらに電撃設営隊も管理する。これにより海軍航空隊は基地設営の機動力を含め、航空隊をより合理的に一元管理できるだろう」

山本五十六という人は毀誉褒貶《きよほうへん》が激しいが、その構想力は群を抜いていると井上は思った。今回が初めてではなかったが、いまそれを再認識した。

「アメリカとアメリカ主導の戦争をしていては、日本は勝てん。国力が違いすぎる。しかし、日本主導で戦場を選び、勝てる態勢だけで戦うならば、アメリカに負けることはない。日本主導を貫けるなら、アメリカは自国の国力という武器を日本に対して有効に活用できないだろう」

「相手の心臓を針で刺すような戦争ですか」

「さすが、井上さんはわかりがいい。我々には単純な理屈だが、理解できない人間がいかに多いことか」

井上は山本に恐ろしさも感じていた。おそらく軍令部ではいま、空母三隻を失ったことで作戦課参謀が何をなすべきか途方に暮れているだろう。

しかし山本は違う。空母三隻を失ったことさえも、次の攻勢のためのチャンスと考えているのだ。

「赤レンガには私から働きかけるとして、井上さん、引き受けてもらえるか」

井上にそれを断るという選択肢はなかった。

3

「トラクターとブルドーザーはよく似た機械だ。じっさい履帯やエンジン、トランスミッションなど、多くの部品が共通化されている。

しかし、ブルドーザーで牽引は可能だが、トラクターはブルドーザーにはならない。ただし、両者のオプションとして小型クレーンはつけられる」

海軍施設本部第一設営班の班長である山田吾郎技術少佐は、講堂に集められた施設本部に関わる技術者たちを前に、トラクターとブルドーザーの説明をしていた。

設営班は長らく八個で推移していたが、昭和一六年から国際情勢が緊迫するのに伴い新設が続き、開戦後にはさらに新設のペースがあがった。

結果として建設重機のオペレーターが足りず、自動車の運転免許保有者にこうした講習会を開いて対処していた。

山田は海軍省の施設本部で建設重機の研究を担当していたので、こうした講習会の講師としては適任者と言えた。

ただ山田自身は、こうした講習会は一時しのぎと考えていた。重機オペレーターの需要は急増する。いまは自動車運転免許保有者相手なのと、全員が土木の専門家なので、重機でできることとできないことの判断はつく。

しかし、そうした専門技能を持っている人間は、すぐに枯渇《こかつ》する。講習会で対応できる人材はそれほど多くないのだ。

だから、山田は素人に必要な技量を教育する専門学校の建設を上層部に提案していた。

山田の考えは、まず自動車学校を開設し、もっとも需要が多い自動車運転手を養成する。その卒業生に基礎的な土木知識を与え、重機運転ができる人間を養成する。それが山田の構想だ。

この構想自体は上からは好感触を得ており、どうやら学校は術科学校ではなく、施設本部の教育機関となるらしい。術科学校を創設するのは海軍省の仕事としてなかなか面倒だからである。

そのため学校名は海軍施設本部建設重機学校となるようだ。自動車学校がメインなのに重機学校と名乗るのは、陸軍自動車学校との兼ね合いのためだ。

本来なら、山田がこの学校の校長になってもおかしくはないが、彼は新編される海軍電撃設営隊の立ち上げに隊長として責任を持つ立場であった。

じっさい山田は多忙を極めていた。技術のことだけなら対処もできるが、一部隊の立ち上げとなると行政的な対処も必要になる。そのため井上航空本部長と相談することも増えていた。

井上航空本部長とのやり取りのなかで、山田はこの電撃設営隊が思ってもいなかった問題を抱えていることを知った。

それは従来の設営班は軍属の労務者で工事を行っていたが、電撃設営隊は全員が軍人という必要があることだった。

設営班がいままで労務者で対処できたのは、日本軍が勝っているなかで、占領地の工事であったからだ。敵襲はほぼ考えなくていい。設営班が自衛の武器を持つこともない。

しかし、電撃設営隊はときに強襲上陸を強《し》いられ、そうでないとしても敵の攻撃を覚悟しなければならない。つまり軍属では駄目で、武装した軍人である必要があった。

全員が軍人であればこそ、電撃設営隊は敵前で戦える。戦いながら基地を設営するのだ。

現時点では海兵団から人を募って電撃設営隊の人数を揃えている。ただ、その要員というのが陸戦隊のために訓練していた人間なので、無闇に集めるわけにもいかない。

それもあって電撃設営隊は機械化を進め、人間を減らす必要があった。これは陸軍から借りている高速船の数にも影響した。

現時点で山田隊長は、電撃設営隊は二隻の高速船と重機を完備した五〇〇人の設営隊員の編制となっていた。

重機の講習会は電撃設営隊とは別の、一般の設営班のためのものであったが、この設営班の多くが電撃設営隊に編組されることが決まっていた。つまり、構成員の軍人化が完了した順番から電撃設営隊となる。

これに伴い山田は技術中佐に昇進し、設営隊長となる。これも制度上の大英断だ。陸下将校ではない人間を設営隊の隊長とする。しかも技術中佐だ。

このへんは規模を小規模にしていることとも関係がある。指揮官になり得る人材も不足しているため、少佐・中佐クラスを設営隊長にしないと、設営隊の新設も思うに任せないという事情がある。

講習会を終えた山田隊長は、海軍の自動車で赤レンガに向かう。新編された連合航空艦隊の会議に出るためだ。

山田は技術士官であり兵科将校ではないので、用兵面について口出しはできない。ただ技術的な問題について助言できる立場だった。

連合航空艦隊の司令部は、じつは正式には決まっていない。木更津海軍航空隊に仮司令部を置いているが、ラバウルに進出すべきという意見もあるためだ。

とりあえず今回の作戦会議は赤レンガで行われる。ミッドウェー海戦後の海軍戦略の話であるという。もっとも、すでに軍令部は米豪遮断作戦を進めることは決定していた。

その方針のなかで、次の攻略をどうするか。それを検討するのである。

もっとも会議の内容は、それほど目新しくはない。概要については山田も井上艦隊司令長官から聞いていたためだ。

大きく分けて二つ。ソロモン諸島のガダルカナル島を攻略するか、ニューギニア島のラエ、サラモアを攻略するか。ただ、この二つの方針も相反する問題ではなく、要するに順番の話であり、最終的にはどちらも攻略することになる。

「ポートモレスビーはラバウルにとっても脅威であり、早急な排除が望まれる」

「しかし、ニューギニアへの急速設営は困難ではないか。ポートモレスビーと近すぎる」

議論は電撃設営隊がどれだけ敵に対して抗堪性《こうたんせい》があるかという話になっていった。

「設営隊長、どうか?」

議長でもある井上に山田は説明を求められた。山田は技術者として率直に考えを述べた。

「高速船は最大で二四ノット出ます。機動力はありますが、水上艦艇と戦える水準ではありません。

武装は単装高角砲二門に連装機銃が二門です。相応の対空火力ではありますが、戦艦でさえ撃沈される昨今の航空戦力では万全とは言えません。

しかし一度上陸し、航空基地を設営すれば、状況は変わります。とりあえず戦闘機を運用できる水準まで工事し、そのなかで残りの工事を行うことは可能でしょう」

「つまり結論はどうなのだね、設営隊長?」

井上の質問に山田は返答する。

「わかりません。無責任と思われるかもしれませんが、実戦経験もない我が部隊がどこまでできるのか、責任を持って請け負うわけにはまいりません」

その返答には「敢闘精神が足りない」というつぶやきも漏れたが、井上がにらむと沈黙した。

「ならば設営隊長、どうするのが最善だと思う？」

「まず敵襲がないガダルカナル島で基地建設を行えば、ポートモレスビー攻略のためにニューギニアでは何をすべきかが明らかになると思います」

ニューギニア派とガダルカナル派は均衡していたが、いまの話で決着はついた。まず電撃設営隊はガダルカナル島に上陸し、基地を設営する。

この行動をもとにニューギニア侵攻への経験を積み、本格的な進出を行う。玉虫色にも思えるが、確かに電撃設営隊の運用としては合理的だろう。

「仮に出撃するとして、いつ出撃できるかね」

「命令さえあれば明日にでも」

それだけは山田設営隊長は断言した。

4

「では、明朝出撃してくれ」

井上成美連合航空艦隊司令長官からそう命じられることは、山田も予想していた。そして事実、そう命じられた。まぁ、自分で明日にでも出撃できると言ったのだから、当然だろう。

驚きはしない。それ以前から出撃が近いことをほのめかされていたからだ。だからこそ講習会やらなにやら、自分がいなくてもなんとかなるような道筋はつけていた。

その時はどこに出動させられるかはわからなかったが、ニューギニアにせよソロモン方面にせよ、ラバウル経由で移動となる。

山田としては、ともかく一日でも早く実戦で自分たちのこれまでの蓄積を実証し、確認してみたかった。すでに戦争が起きている以上、そして急速設営が実現可能であればあるほど、一日の遅れがもったいないと思うのである。

だから船舶の準備も物資の手配も、会議日程が告知された段階で着手していた。

もっとも不満を述べる部下もいた。

「目的地も不明で、家族に説明する暇もありませんでしたよ」

さすがにそれは愚痴までで、正式な抗議には至らない。そこは戦時下である。

「そりゃ、赤城が沈んでしまった痛手は大きいかもしれませんけど、加賀も蒼龍も飛龍も残っているんですから、そこまで基地設営に神経質にならなくても……」

そういう不満も聞こえていた。山田としては「いまは戦時下だ」という伝家の宝刀で黙らせたが、内心は忸怩《じくじ》たるものがある。

山田だけには知らされていたが、第一航空艦隊はミッドウェー海戦で空母三隻を失い、空母飛龍だけが無事だったという。電撃設営隊構想がここに来て一気に具体化したのも、空母不足を陸上基地の建設で補うためらしい。

だが、海軍は正式には空母三隻の喪失を認めておらず、認めているのは赤城の戦没だけで、書類上は加賀と蒼龍は存在している。だから設営隊員たちも、空母三隻が健在だと思っている。

これに関連して家族にも教えられないというのも、ミッドウェー海戦の反省だ。米海軍はどう考えても待ち伏せていたとしか思えない節があった。そういう視点で洗い出すと、情報は漏れるだけ漏れていたと言っていい。

「今度、赴任先はミッドウェー島になるはずだから、郵便物はそちらに転送してくれ」などと手続きしていた海軍将校もいたという。馴染みの酒屋が「ミッドウェー占領記念の祝い酒など、どうですか」と御用聞きに来たという話さえある。

アメリカのスパイ網が日本にあるかどうかは知らないが、あったとしたら、この状況で一航艦の目的地がわからなかったら、無能と言われても反論できまい。

だからこそ電撃設営隊に関しては、隊員ですら出撃日時を直前まで知らされていなかった。せいぜい「近いうちに」どこかに征くと聞いていたくらいだろう。

山田隊長からして、「シンガポールの気候はどうだろうか」「蘭印でのマラリア防止には蚊取り線香がいいらしい」などと欺瞞《ぎまん》情報を日々流していたくらいだ。

もっとも勘のいい奴はいた。急に動き出したことに対して、

「ソロモン諸島のどこかですか」

そう尋ねてきたのは柳兵曹長だった。彼は電撃設営隊の中で、設営隊員の戦闘訓練を担当する下士官だ。

「なぜそう思う?」

「いまさら南方に急速設営に行っても仕方がないじゃありませんか。前線になりそうなところで基地を作るとなれば、ソロモンかニューギニアか、あのへんでしょう」

とりあえず柳にだけは本当の場所は教え、秘密保持が必要なことも納得させた。

そうして深夜、二隻の高速船は港を出た。

高速船は陸軍が当初に考えたものは八五〇トンほどの船舶で、後の世で戦車揚陸

艦と呼ばれるようなものだった。最高速力は一四ノット程度で、商船としては標準的だった。

これについてはオートバイつながりで海軍の専門家の助言を受けることとなったが、そうしたやり取りのなかで、野戦築城を海軍の航空戦略の柱と認識していた井上も関わることとなり、陸軍の構想とはいささか異なる形にまとまった。

一つには渡洋性能と機動力の要求水準が、海軍では高いことだった。最高速力が一四ノットから二四ノットに向上したのはこのためだ。

そして、排水量も八五〇トン程度から一五〇〇トン程度に拡大する。これは船型を駆逐艦式にしたことによる。

さらに日本海軍では珍しく、高速艇はターボエレクトリック方式が採用されていた。スクリュー軸も駆逐艦の二軸だが、モーターの配置は互い違いの配置で、艦尾部に広い空間を確保できるように工夫されていた。

このようにターボエレクトリック方式だと、発電機とモーターを分離できるので、機関部のレイアウトが比較的自由になるからだ。タービン主機は艦の中央部より前に配置されている。

陸軍側は高速船での直接の揚陸を考えて、かなり複雑な機構を設計していたが、高速性能を重視していた日本海軍はもっと即物的な解決策をとった。

つまり速度の出る船型で移動し、現場で揚陸艇を出せばいいという話だ。具体的には、上陸時には戦車も運べる特大発二隻で物資を積載し、上陸する。

艦尾部の扉が観音開きに開き、艦尾格納庫からそのまま特大発が発進できるのだ。じつは、高速船の後甲板は広くあいており、そこに大発二隻を並べることができ、艦中央のデッキクレーンで物資を搭載したまま、海中に降ろすことができた。こうした形で四隻の舟艇を展開することで、上陸の利便性と高速性能を両立させたのだ。

房総沖を通過した頃に三隻目の船舶と合流した。旧式の駆逐艦で、駆逐艦から除籍されたあとは、警備艦として魚雷発射管などを撤去され、そのあいた場所に九五式水上偵察機が載せられていた。

さすがに元二等駆逐艦にカタパルトを装備する余裕などなく、これはあくまでも載せてあるだけだ。格納庫などなく、代わりに鉄パイプと帆布の波除けが作られている。

必要ならデリッククレーンで海面に降ろして飛ばすことになる。元二等駆逐艦に水偵を搭載することに意味があるのか、山田にはわからなかったが、あとからガダルカナル島まで一緒だと聞かされた。

電撃設営隊が出発した後に、若干の作戦変更があり、それに伴いこの警備艦が同行することになったらしい。あとから知らされた作戦内容によれば、島嶼戦用の護衛戦力として、旧式二等駆逐艦の改変が行われているという。

周辺海域の偵察のための飛行機は、どうしてもいるだろうという判断だ。山田は飛行場の建設は色々と考えていたが、飛行機の保有については考えていなかった。しかし、あれば色々と重宝なのは間違いない。工事状況を空から俯瞰《ふかん》して見ることもできる。それに警備艦があれば色々と頼もしいのは確かだ。

三隻は特に大きな問題もないまま、ラバウルに入港する。ラバウルの艦隊司令長官は高須中将だった。井上司令長官からの、挨拶して渡してほしいという土産を持参する。

ラバウルには戦艦伊勢と日向が停泊していた。日本で遊ばせるより最前線で働かせろという高須司令長官の意向らしい。

内火艇で移動しながら、山田は戦艦伊勢・日向のかたわらを通り過ぎる。対空戦闘によるものらしい銃弾の跡や爆弾が命中したような傷跡が残っていた。

「戦場に来たのか」

山田たちは歴戦の戦艦を見ながら、それを悟った。

第2章　電撃設営隊

1

「警備艦の水上偵察機がこれほど役に立つとはな」

　山田設営隊長は、本部宿舎に並べられた航空写真を見てそう思った。

　ガダルカナル島の基地設営については、海軍でもミッドウェー海戦前から細々と検討が加えられていた。

　それにしたがって二隻の高速船から発進した八隻の舟艇は海岸線に上陸し、物資の揚陸を行った。

　設営隊がまだ設営班だった頃は物資の揚陸手順も経験不足で、トラックやトラクターを船の一番下に積み込んだため、すべての物資を揚陸してから、やっと車両を掘り出すという失敗も経験していた。

その頃は後方での野戦築城が中心だったので、こんな失敗も笑い話ですませられたが、最前線で野戦築城を行う電撃設営隊では命取りになりかねない。

それもあって、重量物ではあるがトラクターやトラックが最初に揚陸されるのだ。

おおむね飛行場はイル川とルンガ川の間に建設するのがよかろうとなっており、設営隊もイル川近くの海岸に揚陸し、とりあえずカマボコ兵舎で仮設拠点を設定した。

そこから現地の詳しい調査を行う段になり、水偵が威力を発揮したのだ。

ガダルカナル島は、大きさだけを言えば沖縄本島ほどもある。島の南側が高台で、北側が比較的平坦な地形であった。そうしたなかで、水偵は北側を中心に精密な写真偵察を行ったのだ。

そうして候補地を絞り込んでいた。

「とりあえず仮設拠点を移動する必要はなさそうだな」

山田隊長は安堵した。正直、基地建設のためだけなら、もっと南側に移動したほうがいいのだが、物資補給のことを考えると、海岸とのアクセスも重要になる。そういう部分では現在位置の仮設拠点も重要だ。

「まずブルドーザーで、トラックがすれ違える程度の道路建設を行う。それから部隊の宿営地建設だ。宿営地の周辺五〇メートルは更地《さらち》を作る」

それは山田隊長が、医療関係の専門家から仕入れた知識だ。赤痢《せきり》については飲料水の煮沸消毒で対処できる。問題はマラリアで、これに関しては蚊が生息しそうな水源の根絶と草地の一掃が重要だという。

カマボコ兵舎内には蚊取り線香を焚き、宿営地は草地の一掃で、蚊との接触を最小にする手配をする。これで状況はずいぶんと変わるらしい。

専門家は台湾の人間で、マラリア撲滅に従事していた。山田は高雄空の野戦築城でその人物と知り合い、知識を仕入れたのである。

「道路は、どの程度まで完成させればいいですか」

部下の一人が尋ねる。それも、もっともな質問だった。

単なる樹木の伐採でも道路はできるし、完璧を期そうとすれば、掘り起こして砕石を敷いたりしなければならない。手間をかければかけるほど道路としては完璧になるが、時間も相応にかかる。

伐採だけなら簡単だが、雨が降ればすぐに泥濘《ぬかるみ》になりかねない。兼ね合いは難しい。

「最優先は道路を開通させることだ。当面は伐採した丸太を地面に並べて泥濘対策にあてるしかあるまい。とりあえず、三輪自動貨車が通過できるのを当面の基準とする」

「三輪自動貨車ですか……」

「あれが通過できる道路なら、六輪自動貨車でも後輪に履帯を装着すれば、問題なく通行できる。そんな顔をするな。オートバイや三輪車があればこそ、今日の機械化設営隊があるんだ」

それは山田隊長世代が実感している、日本のモータリゼーションの歴史でもあった。


軍の自動車化に尽力していたのは、当然ながら陸軍であった。黎明期《れいめいき》の自動車行政の中で、陸軍で自動車に関心を持っていたのは輜重兵《しちょうへい》よりも、砲兵だった。

火砲を牽引するか車載することで、火力の展開に機動力をもたせることが対ソ戦を想定する陸軍にはなにより重要だった。

陸軍そのものがドイツ式の運動戦に影響を受けていることもあり、戦闘の鍵を握る砲兵が、自動車に関心を持つのは自然な流れであった。

これには日本の軍馬が欧米列強より著《いちじる》しく劣っているという深刻な問題もあった。

ソ連やロシアなら馬六頭で移動できる火砲が、日本軍だと馬八頭でも難しいという報告さえあったほどだ。

日露戦争以降は日本軍も軍馬の品種改良計画を進め、それは軌道に乗りつつあったが、プロジェクトの第一段階完了に三〇年はかかるという計画であり、砲兵としては自動車に活路を見いださねばならない事情もあった。

日本でも第一次世界大戦後に自動車やオートバイの輸入が増え始め、国産の小型車も生産され始める。しかし当初陸軍は、そうした小型車やオートバイを無視していた。非力で小さく、軍用には耐えないという理由である。

こうしたなかで一九三〇年代以降、複数の小さな流れが合流し、一つの大きな流れとなっていく。

一つには満州事変から熱河作戦までの戦訓のなかで、自動車が陸軍作戦に重要な働きをしたという認識である。長大な兵站線《へいたんせん》を維持しただけでなく、装甲車両が敵陣を強襲し、占領するという事例がいくつも報告された。

こうしたなかで日本は国内の自動車産業育成を急ぐべきとの認識を持つようになっていた。ただこの時点でも陸軍が考えていたのは、フォードやGMの製造するトラックのたぐいであり、小型車は眼中になかった。

だがもう一つの動きとして、軍が無関心だった小型車は急激に普及していた事実がある。なかでも目につくのが、三輪自動貨車の普及であった。普通車と異なり三輪自動貨車は無免許で運転できたことで、急激に普及していった。

特に、普通車のトラックが四〇〇〇円の時代に三輪自動貨車は一〇〇〇円で購入できたので、商店や中小企業の購入が増えていた。

これとは別のもう一つの要因は世界恐慌だった。日本は経済成長をしていたが、世界恐慌の影響は深刻で、ロシア革命の記憶も生々しい時期であり、不況の長期化とそれに伴う革命運動の浸透を内務省などは真剣に憂慮していた。

事態打開のために公共事業で失業者を吸収することが検討されるようになっていた。

これに関連して、陸軍の皇道派と統制派の対立があった。これは第一次世界大戦の総力戦を研究するなかで、日本の軍備をどうするかという問題であった。

一言でいえば、日本経済は総力戦に耐えうるかという議論である。経済を統制し、市場経済の無駄を省いて計画経済を導入すれば、総力戦体制が可能というのが統制派であり、そうした統制経済は天皇大権を侵食するというのが皇道派であった。

統制派と皇道派の対立は深刻だったが、最終的には、他省庁との協力関係により統制派が勝利することになる。

その統制派が陸軍の実権を握る契機となったのが、内務省と大蔵省が打ち出した「帝国通貨理論」である。

単純に言えば「日本政府は円を発行できるのだから、自国建て債権が円であるなら、そうした債務は円の増刷で償還できる」という理論である。

破滅的インフレになったらどうするのかという懸念の声もなくはなかった。ドイツのハイパーインフレの現状を知る人間には、その理論は悪夢でしかなかった。

一方で推進派は、「そもそも現状はデフレであって、インフレの心配はなく、むしろ経済をインフレ方向に持っていきたい」と主張。これに同調する財務関係者が多いこともあり、この「帝国通貨理論」が日本国の政策として採用された。

「帝国通貨理論」は、それを採用すれば軍縮いらずということで、陸海軍の強い支持を受けることとなった。

もっともこの理論が採用された頃には、陸軍の軍縮が行われ、海軍も軍縮条約を締結していたが、陸海軍ともに部隊に機械化や支援艦艇の整備などを行うこととなる。

この通貨理論により着手されたのが日本列島改造とも言われる、大規模道路網の整備である。商工省、内務省、陸軍は日本国内の自動車普及率を向上させるために本州縦断自動車道の整備計画を実行した。日本海ルートと太平洋ルートで自動車が通行可能な道路を建設するというものだ。

これにより陸軍の動員は迅速にできるし、物流の改善で経済も活性化する。東海道本線が狭軌であるため、鉄道輸送力に限界があることが問題視されていたが、道路網整備はそれらの問題を解決する意図もあった。

これは非常に重要な問題であった。というのは、この時期の日本で自動車が通行できる道路は都市部にこそ普及してきていたが、日本全体で見れば大半の道路が自動車の通行が不能という状況だったのだ。

したがって、自動車の普及で日本の経済を活性化させようとすれば、道路インフラの整備から始めねばならなかった。

道路建設には甲乙の等級が設けられた。工事を実際に請け負うのは地方自治体だが、工事の技術力や予算の問題もあるからだ。

基準としては、甲が普通自動車のトラックが通行できること、乙は三輪自動貨車が自在に走行できることとされた。予算的には乙のほうが安く、技術的にもハードルが低い。

それでも日本全国で三輪自動貨車の通行が可能となれば、地域の物流は著しく改善する。フォードやGMのトラックなどより、三輪自動貨車のほうが数は多いのだ。

さらに、失業対策といっても労働者のすべてに高い技能があるわけではないので、技能により甲乙と振り分ける必要があったのだ。

この一大道路網建設で失業者はほぼいなくなるどころか、インフラ投資の波及効果で経済が活性化し始めると失業率が下がり、人手が不足し、労賃の高騰を招いた。

じつは、ここにも統制派の政策が関わっていた。総力戦で産業戦士が多数必要になることがわかったが、熟練工は少ない。また日本の中小工場は機械化率が低かった。

そこで陸軍の契約工場の労働者を中心に、技能訓練学校が開設されたのだ。これはあくまでも軍の私塾のようなもので、文部省管轄の学校ではない。軍の術科学校でさえなく、あくまでも失業対策と工業技術水準向上のための臨時のものだった。

ただ日本でも屈指の機械設備を誇る陸軍工廠《こうしょう》などでの教育実習は、学ぶ意欲のある若者を大いに惹きつけた。労賃としてはかなり安いが、授業料免除で日当も出ることも人気の的だった。

陸軍がこうした人材の囲い込みをはかることに、海軍も危機感をいだき、すぐに海軍も同様の術科学校を開設する。

帝国通貨理論では、学校の予算などは札を刷ればなんとでもなったから、相当数の人材が一年の教育期間ながら技能を向上させ、より給与水準の高い仕事についていった。

本来なら臨時の技能訓練学校だったが、なんだかんだで一〇年以上継続されることになる。

陸軍はこのなかで、自動車免許取得の訓練も行っている。有事の際には大量の自動車が必要となり、運転手も確保しなければならないからだ。

これはこれでよかったが、道路建設の人手が足りない。そこでまずは甲道路を中心に、アメリカから建設重機の大量購入が行われる。

アメリカも世界恐慌のため経済は深刻な状況にあり、日本からの中型建設重機の大量発注は見逃せない商機だった。このなかで陸軍の指定工場が米企業から中型ブルドーザーのライセンスを購入し、製造にかかった。

工兵隊を中心に、将来的な野戦築城の機械化に寄与すると考えられたためである。

こうした道路整備は、すぐ経済に波及した。小規模な物流の活性化と経済発展に伴う小型車の普及を促したためだ。この点で安価な三輪自動貨車やオートバイは大きな存在感を示した。

商工省なども小型車を中心とする自動車産業の拡大で、機械産業の裾野が広がることを好ましく思っていた。

そうしたなかで商工省が行ったのは、アメリカからの小型エンジンの関税引き上げだった。じつは国内の三輪自動貨車メーカーのほとんどがアメリカから輸入した小型エンジンを活用していた。

極論すれば、リアカーにエンジンをつけたような車両を製造販売していたわけだ。そこにこの小型エンジンの関税引き上げで、エンジン製造能力のないメーカーは淘汰された。

最終的に市場は、自社でエンジン製造ができる三社の寡占《かせん》状態で拡大していく。エンジン生産の拡大には高度な技能工が必要だが、それは陸軍が技能訓練学校で養成していた。

三輪自動貨車は日本で爆発的に普及したが、市場が飽和状態になることも見据え、満州などにも輸出されることになった。

日本での道路建設の機械化が成功するのに伴い、満州でも道路建設が進められた。それはもちろん対ソ戦を意識したもので、じつは日本の幹線道路より立派な戦略道路だった。

しかし、戦車でも通行できる道路なればこそ、三輪自動貨車なら軽快に走行できた。そして、主要三社は量産による価格競争で大陸の市場を席巻しようとしのぎを削った。

この過程で驚くべき発明がなされた。どこの会社かは諸説あるが、有力なのは大阪の発動機製造によるという説だ。そこで小型エンジンの製造自動化のために、後の世で言うところのトランスファーマシンが導入されたというものだ。

当時の技術でエンジンのトランスファーマシン投入が可能だったのは、小型エンジンが単気筒もしくは二気筒の比較的単純な構造だったことが大きい。

どこが最初にせよ、この比較的単純なトランスファーマシンは他社も採用することとなり、もっとも高価な部品であるエンジン価格の低減で、満州から中国で、この三輪自動貨車は飛ぶように売れた。

この頃になると「小型車は軍用に向かない」と言っていた陸軍も、三輪自動貨車を積極的に導入することになる。

もともと陸軍がこれらに冷淡だったのは、不整地性能が低いことなどだったが、道路網の整備でそれらは意味を失った。

さすがに最前線では問題があるとしても、後方での使用には重宝だった。病人一人の輸送とか書類の伝達など、軍の後方を支える人と物の移動は少なくない。

米一俵を運ぶのにトラックは馬鹿げているし、自転車では重労働だが、三輪自動貨車なら手軽で容易《たやす》い。後に治安維持のための特設師団などでは、軽装甲車などと称して防盾《ぼうじゅん》付き機関銃を搭載するものまで登場したという。

こうした小型車の普及で自動車産業の基盤が出来上がると、国産のトラックも量産されるようになった。共通する部品もそれなりに多いのと、電線やバッテリーなど、小型車の存在で品質が向上したものも少なくない。

こうして国産トラックの量産がかなったころに、本州縦断自動車道も完成する。そして、国産車は大きな試練に立ち向かうことになる。

本州縦断自動車道はドイツのアウトバーンをイメージして建設された高速道路であった。この道路ができるまで、国産車は時速六〇キロで長距離を走行した経験がなかった。道路が未整備で都市部しか舗装された道路がないから、高速で長時間走ることがなかった。

それが本州縦断自動車道で実現し、輸入車以外はことごとくエンストなどの故障に見舞われた。

「本州を縦断すること！」

これが国内自動車メーカーの合言葉となり、シャフトの断裂や板バネの破損など、ときに製鉄メーカーとの折衝などを行い、本州を無故障で縦断するトラックが完成した。

それは相応に整備と運用ノウハウが必要であったが、ともかく走り抜けたのである。

関係者の努力は報われた。そして、この自動車の完成で国内物流は著しく向上し、経済成長に大いに寄与した。

また、三輪自動貨車のトランスファーマシン技術も導入され、関税という追い風もあったが、国産車が輸入車に対して強い価格競争力を持つに至った。

価格低減のために専用機械導入が進んだことは、自動車の信頼性も向上させたが、アメリカ車並みとはいかなかった。中小の零細企業も多いため、そうした部品メーカーの品質向上がなされなければ、問題は解決しないためだ。

ただ自動車製造事業法の許可会社は商工省の指導もあり、価格よりも品質を重視する購入に切り替えた。これは品質の低い工場を淘汰するという商工省の方針のためだ。

結果的に部品工場は淘汰されるか大手に吸収されるかして、大幅に整備が進んだ。

こうした自動車産業の発展は、建設重機の発達に貢献しただけでなく、ほとんどが軍需であったが、航空機産業にもプラスとなった。

特に航空機用エンジンの開発・製造では自動車用の専用工作機械の転用で、歩留まりと信頼性が向上し、部品の互換性も急激に進んでいた。

こうしたモータリゼーションの発達があればこそ、電撃設営隊が実現したのであった。

2

ガダルカナル島に電撃設営隊が上陸してから一月半が経過した。基地はかなり完成度を高め、航空基地の支援施設も形をなしてきた。

樹木を伐採し、丸太を並べただけの道路も、すでに土壌改良が加えられ、その下には砕石が敷かれ、砂や粘土がかぶせられ、耐久性のある雨でも泥濘にならない道路に改造されていた。

ルンガ川の近くには、運ばれてきた砕石機により採石場が作られ、建設に必要な砂利や砕石を生産していた。

そのため道路建設で最初に土壌改良が行われたのが、採石場と工事現場の間だった。

碎石はベルトコンベヤーで採石場に積み上げられ、そこからトラックで輸送する。道路状態が悪い最初の頃は三輪自動貨車で細々と輸送したり、トラクターで砕石を載せた台車を強引に牽引するようなことも行われていた。

そうしたなかで、山田のもとに待望の知らせが届いた。

「滑走路の一期工事が完了しました」

報告してきたのは柳兵曹長だった。警備分隊の指揮官ながら、彼らも建設作業に従事している。とりあえず敵軍はいないのだ。

「そうか、ありがとう」

工程表を見れば、予定よりも一日早い。ジャングルの中にゼロから滑走路を築いたということを考えるなら、これは驚異的だ。彼ら以外に、この仕事をなし遂げた部隊は一つもないのだ。

それがよほど嬉しいのか、副官よりも先に柳は自身でオートバイを運転してここまでやってきた。今回の基地建設では、オートバイは予想以上の働きをしてくれた。

小物を運ぶ手間もさることながら、伝令としてその機動力が縦横に発揮できたのだ。

じっさい部内で無線機を活用するほど広いわけではないが、電話を設置するには工事が面倒な程度に各部門が分散している。電話は工事する予定だが、すべてが完成するのは先のことで、いまの工事にはあまり役立たない。

その点で、オートバイによる伝令は非常に効果的だった。人が直接説明する効用には大きなものがある。

ただ本当なら、柳兵曹長クラスが伝令としてオートバイを運転するのはあり得ない。それはもっと階級の低い兵士の仕事。しかし、柳はあれこれ口実を作っては、建設工事現場の中をオートバイで疾走していた。

「警備班長、わかるか。第一期が完成したということは、単発機の離着陸なら可能ということだ。完成とは言えないが、我々は航空基地への一歩を記したことになるんだよ」

「おめでとうございます」

柳は丁重に頭を下げる。

「それとルンガ岬の電探局もできたそうです」

「電探局ができた……稼働したのか！」

方面艦隊司令部の追加の命令により、電撃設営隊はルンガ岬とムカデ高地の二箇所に電探基地を設置することになった。

ルンガ岬の施設は大型のカマボコ兵舎も備え、まさに「局」と呼ぶのがふさわしいものだ。それだけ大規模な固定基地局だ。

対するムカデ高地のものはトラックに車載できるほどの大きさで、現場には車載のまま、トラクターで牽引を行いつつ設置した。周辺部を伐採し、電波障害が起きないようにしてから、整地して砂利を敷いて塡圧《てんあつ》して終わりだ。

こちらはカマボコ兵舎も最小構成で、人員は仮眠を取れるが、基本的にオートバイで基地から通うことになる。道路整備も砂利を敷く程度のことしかしていない。あくまでもルンガ岬局の補助というか予備的な存在である。構造が違う装置を扱うのは、それぞれの実戦試験の意味があった。

山田はすぐに、ラバウル経由で日本の連合航空艦隊司令部に状況を報告した。すると、ラバウルから陸上偵察機が送られてくるという。九七式艦攻だが、中島飛行機製ではなく三菱の機体であるという。

そのへんのことは専門外なので山田隊長にはよくわからないが、三菱のほうが航続力が長いらしい。

戦闘機ではなく攻撃機なのは、連合航空艦隊司令部としては、ガダルカナル島をいち早く基地として運用したいという意味があるようだ。海軍はすでにツラギ基地を占領して、哨戒基地としているが、連合航空艦隊としては陸上機を戦力の中核に据えたいのだろう。

飛行機が到着する日は、基地をあげてのお祭り騒ぎだった。まず二つの電探基地には人員が詰め、どちらが先に友軍機を発見するかの競争が始まっていた。

どちらも電話は開通してあるので、司令部では電話報告で勝負がつく。

結果的にムカデ高地の移動局が一瞬早く友軍機の接近を捉えていた。ルンガ岬の基地局は悔しがったものの、設置場所が高いほうが有利なことは理論的にはわかっており、そこは納得していた。

そうして九七式艦攻は着陸態勢にはいる。周辺の建設機械は移動させられ、それは滑走路だけをめざす。

三菱の九七式艦攻は固定脚であったので、基地の人間としては脚が出るか出ないかをやきもきすることはなかった。

そうして危なげなく艦攻は着陸した。すぐにトラックに乗った将兵が、ガダルカナル島着陸第一号の飛行機のまわりに集まった。まさに胴上げをせんばかりの喜びようだ。

「ともかく一月半あれば、飛行機の運用は始められるか」

山田隊長にとって、それは重要な事実であった。

3

米太平洋艦隊の潜水艦バラクーダは、ツラギ基地の日本軍の動向を探るよう指令を受けていた。

通信傍受によれば、ツラギ方面とラバウルの間の通信が増えているという。

それはいささか不可解な情報であった。日本軍の哨戒基地としては重要かもしれないが、通信量が急増するほどの動きがあるとは思えない。

連合国艦隊が動いていて、それを偵察している結果とでも言うならわからないでもないが、友軍サイドにそんな動きはない。にもかかわらず、ツラギ周辺での通信量が増えている。

ツラギを監視できる位置まで潜水艦バラクーダは進出し、昼間は潜航して潜望鏡で、夜は浮上してツラギ基地を観察した。

ツラギ基地の様子は遊んでいるわけではないが、活発とも言いがたかった。飛行艇が四機ほどあり、それらが順番に飛び立って、帰還して、整備をしている。

「艦長、日本軍の通信を傍受しましたが、ツラギからの送信ではないようです」

通信長が報告する。夜間の任務は浮上しての通信傍受が中心だ。

「受信局からツラギ方向ということで、ツラギと判断されてますが、ツラギ近くの別の場所からの通信と思われます」

「別の場所……」

「ここより南です。おそらくはガダルカナル島でしょう」

「ガダルカナル島だと!?」

ツラギの様子から通信量が増えているのはおかしいと思っていたが、ガダルカナル島で何をするというのか？

もっとも艦長にしたところで、ガダルカナル島について何を知っているわけではなかったが。

命令はツラギの監視だが、彼は艦長の権限でガダルカナル島への移動を決心し、艦隊司令部にその旨を伝えた。司令部からもその判断を支持するとの返答が届く。

ガダルカナル島には夜間に接近することとなる。何かが活動していれば、明かりなり何かが見えるという判断だ。

ただ月齢は新月に近く、周囲は闇である。風もそれなりに出ていた。

艦長の考えとしては、ガダルカナル島周辺に日本軍艦隊が集結していることを予想していた。そこから連合軍の拠点があるエスピリトゥサント島なり北東オーストラリアを奇襲するような作戦だ。

新月で灯火管制をしているとしても、そのような艦隊の集結は見られない。いかに灯火管制しても艦隊がいるなら、それなりの兆候がわかるものだ。しかし、そんな気配はない。

潜水艦バラクーダが突然、探照灯に照らし出されたのはその時だった。

「なっ、なんだ!」

司令塔の将兵は何が起きているかわからない。何がサーチライトを照らしているのかも、明るすぎて見えない。そして砲撃が始まる。

どうやって彼らの位置を把握していたのかわからないが、砲撃は探照灯に浮かぶ潜水艦のシルエットに向けて行われていた。

敵艦の主砲は三門だったが、潜水艦に命中すれば致命的だ。艦長はここで応戦すべきか、すぐ潜航すべきか迷った。どうやら哨戒艇が一隻だけで、それなら勝てると考えたのだ。

しかし、その迷いが致命傷となる。探照灯で視界を奪われていた彼らは、上空から接近する水上機の存在に気がついていなかった。

水上機は低空から三〇キロ爆弾を投下する。潜水艦は一直線で進んでいた。だから爆弾を命中させるのはさほど難しくない。低空なので風の影響もさほどでなかった。

直撃弾ではなく至近弾だったが、潜水艦にとってはむしろ至近距離の水中弾こそ致命的だ。爆弾の衝撃波により船殻は破られ、海水が潜水艦内に殺到する。予備浮力を急速に失い、潜水艦は沈没した。

それは日本海軍が電探により潜水艦を発見し、それに誘導された水上艦艇と航空機による攻撃の最初の事例となった。

「ガダルカナル島に何かある。それは間違いないわけだな」

ニミッツ司令長官は、レイトン情報参謀の報告を受けていた。潜水艦バラクーダがガダルカナル島でなんらかの通信を察知して、偵察に赴《おもむ》いて、そのまま撃沈されたというのだ。

「事故で沈没した可能性も否定できませんが、状況からは撃沈させられたと考えるのが合理的ですし、そうであるなら日本軍が活動していることになります」

「日本軍が、ガダルカナル島で何をしているというのか」

「通信暗号はまだ解読できておりませんが、打鍵《だけん》の癖から判断して、航空艦隊司令部とガダルカナル島のやり取りがもっとも頻度が高いようです。

ただし、航空機無線は傍受されておりません。ですから、おそらくは基地設営のための調査活動ではないでしょうか」

「基地設営のための調査活動という根拠は？」

「通信傍受が確認されたのがここ一月の間だからです。ジャングルの中ですから、測量その他の調査にそれくらいはかかるのではないでしょうか。

それに建設部隊が移動したという兆候もありません。基地建設のための大規模部隊が動くなら、その動きを察知できたはずです」

レイトンはそう言うが、空母六隻の動きを察知できないまま真珠湾奇襲を許したという苦い経験が彼らにはある。

また基地建設に大部隊を送るのは、アメリカはそうかもしれないが、日本がそうした行動をするかどうか疑問もある。逐次兵力投入とまでは言わないが、小規模部隊を順次送ることだって考えられる。

ニミッツ長官がそんなことを考えるのは、ワシントン勤務の時のフィリピンに関する報告書を知っているからだ。

それは陸軍の経験であったが、フィリピンでの野戦築城で多くの将兵がマラリア被害にあっていた。

日本軍とてマラリア被害に遭遇するはずであり、それでも活動を続けているのは、細々と人員の補充がなされているからではないのか？

要するに重要なのは、ここに基地が建設されているかどうかにある。

「基地建設が進んでいないというもっと確実な根拠はないのか」

「はい。一番の理由は、軍属の動きが確認できていないことです。小職は日本での生活経験があるのでわかりますが、日本では陸海軍の野戦築城は軍が直接行うのではなく、建築土木の業者に委託します。

この点では我々のシービーズ（設営隊）とは大きく異なる。じじつ日本海軍は委任統治領や南方の占領地での野戦築城では、そうした業者に委《ゆだ》ねています。

しかし、ラバウルを監視している限り、そうした軍属の動きはない。一〇〇〇人単位の軍属が動員されるはずなのに、そうした動きは認められないのです。

軍属がいないのなら、滑走路の建設もできません。ならば可能なのは調査活動までです」

日本海軍が軍属に基地建設を委ねているというのは初耳だったが、たしかにそうであるなら、彼らの活動は限定的だろう。

問題は、それでは自分たちは何をなすべきかということだ。

「ガダルカナル島に基地を建設するとすれば、それはわれわれでなければならぬ」

ニミッツの結論は明快だった。

ここに大規模な基地を建設されたら、米豪間の交通維持に重大な脅威となるだろう。それで海上輸送路が寸断されないとしても、輸送路は大きく掣肘《せいちゅう》を受ける。

例えば輸送船の半分が自由に航行できたとしても、海外からの物資の半分が手に入らないとなれば、深刻な問題が生じるのは明らかだ。それだけでオーストラリアが単独講和することさえあり得ないことではない。

だからこそ米豪遮断を実現させるわけにはいかず、ならばガダルカナル島は確保しなければならない。

「シービーズを派遣するか」

「いきなりですか」

レイトンはニミッツの言葉に驚く。

「日本軍が本格的に動き出す前にだ。駆逐艦と輸送船の部隊を急派する。シービーズの一隊を伴ってな。彼らが橋頭堡《きょうとうほ》を築いてから、本隊が上陸する。本隊の編成を待つ間にも日本軍は動いているのだ」

こうして海兵隊一個小隊と、シービーズ一個小隊を乗せた高速部隊が編成され、真珠湾からガダルカナル島に向けて出発した。

4

「偵察機一機に艦攻が六機、そして艦戦が六機か」

山田隊長にとって、ガダルカナル島の第二期工事が完了したことはなにより感慨深かった。

最初の滑走路と斜めに交差するように二本目の滑走路が完成した。滑走路が二本あれば、離発着が同時にできるなど、運用面の多様性も大きくなる。

二本の滑走路はどちらも単発機が離発着できる水準で、陸攻の運用はできない。

それらが完成するのが第三期、第四期となる。

最初に完成した西滑走路は、戦闘機だけでなく艦攻艦爆の運用が可能な程度に滑走距離が長い。第二期の完了とは、二本目の北滑走路で戦闘機の離発着が可能になったことを意味した。

すでに第三期工事は進んでおり、北滑走路は途中までは陸攻が運用できる程度に幅が広げられている。そのへんは織り込み済みの計画なので、航空機の運用に支障をきたすことはない。

北滑走路の延長部分は陸攻が運用できるように幅が広い形で最初から建設が行われていた。

建設が急がれたのは、ルンガ岬の電探とムカデ高地の電探が、接近する船舶を発見したからだ。それは浮上した潜水艦であったが、警備艦と三菱製九七式艦攻の働きで撃沈に成功した。

ただ連合航空艦隊司令部は、ガダルカナル島の航空基地の存在が敵に明らかになるのも時間の問題と判断し、山田隊長に工事を急がせ、当初予定を変更し、西滑走路の運用開始時期を陸攻用滑走路の完成より優先させた。

おかげで陸攻の運用時期は遅れたものの、単発機のために二本の滑走路が使える時期は前倒しされた。

これに伴い艦攻と艦戦がそれぞれ六機、ガダルカナル島に配備され、三菱製九七式艦攻は、偵察機として運用されることになった。

警備艦の水偵は、すでに海岸の桟橋《さんばし》に係留され、独自運用されていた。こちらは警備艦とセットなので、運用はやや独立していたのである。

水偵を除いて、総勢一三機の航空隊がガダルカナル島に展開してきたことは、ここが小なりといえども、防御力と打撃力を持つ航空基地となったことを意味した。

そのため燃料と爆弾が、あとから特別に輸送船で運ばれてきた。

ここまではガダルカナル島の話であったが、井上連合航空艦隊司令長官は、ラバウルとガダルカナル島の間に航空基地がないことの危険性をから、中間地点となるニュージョージア島のムンダにも基地建設を決定し、新編されたばかりの第二電撃設営隊にムンダ基地建設を命じていた。

第二電撃設営隊は、山田設営隊長もある程度は創設に関わっていた。最初の電撃設営隊を編成した時点で、第二と第三の準備だけは着手し、幹部人事などを決めていたのだ。

だから第三電撃設営隊の編成までは、山田は特に憂慮していなかったが、四番以降はどうなるかわからない。軍人設営隊の編制も一部では抵抗もあり、うまく進むかはわからない。井上司令長官の見識を信じるだけだ。

航空隊の進出は設営隊にも影響した。基地が完成してから人が来る段取りが、基地が未完成のなかで人が来る。航空隊の運営側も色々と苦労していたからだ。

食事もそうだ。本来なら航空隊という組織がワンセットで移動するはずが、現状は航空隊内の飛行隊の一つがやってきた。整備隊は後から追いついたが、通信から経理から、そのほとんどを設営隊側に依存することになる。

食事ひとつとってもそういう状況であるから、航空隊側にもストレスがたまっていた。飛行訓練でストレスを発散できるとよかったのだが、燃料はドラム缶で運ばれてきたものだけで十分ではない。

航空機の消耗部品も当座の量だけだから、訓練といっても座学とか、あとは滑走路のまわりを走るくらいだ。

さすがに山田も見かねて設営隊のオートバイを二台、貸与することにした。操縦の勘を鈍らせないためというわかったようなわからないような口実でだ。

ただこれは航空機搭乗員たちには好評で、ときには設営隊の伝令役を彼らが買って出ることもあった。

そうしている時に航空隊へ出撃命令が下った。

「電探が敵部隊と思われる艦船を察知した。これより敵部隊の撃破に向かう！」

伊藤大尉の号令とともに六機の艦攻と六機の艦戦は順次、滑走路から飛び立ち、上空で合流して編隊を組む。

この時は戦闘機も小型爆弾で武装していた。

二基の電探局が探知したため、方位や距離はかなり正確に把握できた。そして、ほどなく問題の部隊を発見する。

「敵は駆逐艦一隻、貨物船一隻の計二隻！」

無線機で伊藤は基地に報告する。駆逐艦がすぐに日本軍機の接近に気がついて反撃を開始すると、伊藤大尉はまず貨物船の攻撃を優先させた。

艦戦が急降下爆撃により次々と爆弾を投下し、それらの半分が貨物船に命中した。

貨物船の甲板には作業用の車両などが降ろしやすいように積まれていたが、爆弾はそれらを吹き飛ばし、甲板は瞬時に炎に包まれる。

この状況に駆逐艦は、貨物船の消火を行おうとした。しかし、そのことで対空戦闘の効率はほとんどゼロになる。

そもそも一隻の駆逐艦であれもこれもできるはずがない。そうしたなかで、艦攻隊が爆撃を実行する。

命中爆弾は五〇〇キロ徹甲爆弾が二発だけだが、駆逐艦には致命傷だった。駆逐艦もまた機関部を破壊され、そのまま炎上してしまう。乗員たちが脱出したところで、伊藤大尉は部隊を引き上げさせた。

事実上の初陣で、小規模とはいえ敵部隊を撃破したことは、航空隊にとっては大きな励みとなった。

ただ伊藤大尉は指揮官として、これを喜んでばかりもいられないことを理解していた。

「ガ島の基地が使えることがわかったなら、敵はこれ以上の大規模部隊で攻撃を仕掛けてくるはずだ」

しかし、自分たちには一二機しかいない。基地が完成するのが早いか、それとも敵の攻略が早いか。すべては時間との勝負なのである。

5

レイトン情報参謀の予測は外れていた。

敵はすでに航空隊を運用できるだけの規模になっている。ニミッツはシービーズの先遣隊が敵の航空隊に撃破されたことを、そう判断していた。

情報参謀の仮説は間違っていたが、ニミッツはそれを問題とはしない。潜水艦バラクーダが撃沈された時点で、もっと綿密な調査を行うべきだったのだ。

だが稚拙な対応のために、死ななくてもよい将兵の命が失われ、さらに日本軍にはこちらの意図を悟られてしまった。それは取りも直さず、太平洋艦隊司令長官ニミッツの責任だ。情報参謀ではない。

それではどうすべきか？　大部隊を派遣するのは難しくないが、島嶼《とうしょ》一つを占領するには効率はよくない。さらに、ミッドウェー島のことを考えねばならぬ。

ミッドウェー海戦とは、日本艦隊がミッドウェー島を攻略すると見せて、実は米艦隊主力を誘導し、その撃破を意図したものだった。

このガダルカナル島の航空基地にしても、本当の狙いがどこにあるのか？　この点は考えねばならない。

つまり、これが逆ミッドウェー海戦のような構図の日本海軍の罠である可能性だ。

「情報参謀として、これが日本海軍によるミッドウェーのような罠の可能性があると思うか」

さすがにレイトン情報参謀は、質問の意図をすぐに理解した。

「五分五分です」

レイトンの答えは慎重だった。

「我々はミッドウェーで、日本海軍の動きを把握していました。だから待ち伏せができました。

しかし、いまの場合、山本は我々がガダルカナル島を攻撃する時期を知りません。知るわけがない、我々は艦隊を出すかどうかさえ決めていないのですから。

作戦の要を握るのは、我々が艦隊派遣を決定し、山本がそれを知り、その上で待ち伏せする場合です。不可能とは言いませんが、かなりハードルは高い。

ただ、すでに山本が待ち伏せの態勢を整え、艦隊の出動を待つだけという可能性も非効率ですが否定できないでしょう。ただ、トラック島にもラバウルにも、そうした兆候は見られません」

レイトンは五分五分と言ったが、話を聞くかぎり可能性は限りなく低い気がした。

ただいまの話で、ニミッツの中で腹は決まった。

「ここは、ガダルカナル島の現状をはっきりと把握する必要がある。シービーズなり海兵隊の派遣はその後だ」

そして、彼は部隊派遣を決めた。

6

潜水艦タバスは深夜にルンガ河の河口付近まで進出することに成功した。

「やはり日本軍もレーダーを設置していたか」

タバスの艦長はそのことを確認できた。それだけでも大きな収穫だろう。

ただ日本軍のレーダーにも弱点はあるようで、ある程度までガダルカナル島に接近すると、レーダーでは探知できなくなるらしい。それもまた一つの情報だ。

潜水艦からはゴムボートが出され、四人ほどの海兵隊員がそれに乗っていく。

彼らは必要な物資をゴムボートに積み込んで、ルンガ河を小型発動機で遡上《そじょう》していく。

「三日後ですか」

「そう、三日後のこの時間だ」

艦長は哨戒長にそう言った。

「彼らは戻ってくるでしょうか？」

「そのために我々とペンサコラがいるのだろう」

ペンサコラ級重巡洋艦は他の重巡が二〇センチ砲三連砲塔三基の計九門なのに対して、連装二基、三連装二基の合計一〇門という、砲火力を重視した結果、かなり特異な設計になった巡洋艦だった。

そして、ペンサコラ級以降の米巡洋艦で見逃せないのが航空兵装の充実だった。ペンサコラ級重巡洋艦は、四機の水偵を搭載しており、偵察能力はかなり高い。

この重巡洋艦ペンサコラと潜水艦が偵察部隊として派遣されることとなった。ただしペンサコラの役割は、水偵よりも搭載している最新式のレーダーにあった。水偵は敵がレーダーを持っているかどうかの確認のために用いられる。

水偵を飛ばし、敵機が現れたらレーダーのあることがわかる。ならば、すぐに水偵は引き上げる。撃墜されては話にならない。そうしてレーダーで敵の動向を探るのだ。

このような行動の中で、潜水艦タバスは着実にガダルカナル島へと接近していった。潜水艦を発見するような飛行機があればタバスに通報し、タバスは潜航してやり過ごす。

潜水艦タバスには特殊部隊の人間が乗っていた。直接人間がガダルカナル島に上陸しなければ、何が起きているかわからない。それが米太平洋艦隊司令部の結論だったのだ。

モーターボートがルンガ川を遡上しているのは、海から気取られぬように物資を内陸に輸送するなら、水運を利用すると考えられたためだ。

しかし、ルンガ川にはそうした施設と思われるものはなかった。

「どうやら、物資の運搬は海岸を使っているようだな」

特殊部隊のリーダーが言う。

「ですが、そうなるとどこかに海岸と内陸に通じる道路があることになりますが」

サブリーダーの発言は疑問の形をした仮説だった。リーダーは長いつき合いから彼の言いたいことがわかった。

「海岸に出て道路を探し、敵の拠点に進む。一番確実で一番危険な方法だな」

しかし、それは確認しないわけにはいかない問題だった。ただ彼らはその夜は、拠点を仮設することで終わった。潜伏調査を行うには相応の準備がいる。

四人という数字も適切かどうかわからない部分もあるが、それもまた経験を積まねばわからないだろう。

四人のうちの一人は無線技師で彼は拠点に残り、ほかの三人を支援する役割だ。衛生兵も拠点に残る。

なので実際の偵察は二名で行うこととなる。明るいうちは交代で見張りに立ち、就寝する。動き出すのは深夜だ。

偵察の二人はゴムボートで一度海に出ると、適当な海岸にボートを隠し、距離をおいて海岸を前進する。

「あれがレーダー基地か」

ボートで上陸する前、リーダーは暗がりの中のシルエットから、ルンガ岬の電探局の姿を見る。観察したいところだが、いまは所在確認にとどめておく。

そうして海岸に上陸し、前進する。ほどなく彼らは海岸に通じる道路を目にした。

リーダーは一度、部下と合流し、この後のことを打ち合わせる。

「もし歩哨《ほしよう》がいたら、無理に突破せずにやり過ごし、安全なところから観察に徹する」

基地の詳細を知るには不十分かもしれないが、そもそも四人のチームで調べがつくことは限られる。

それに、とりあえず基地の規模がわかるだけでも司令部の作戦立案には十分な意味を持つだろう。二人は、再び距離を置いて前進する。

リーダーは道路を歩きながら、状況が深刻であることを悟った。まず道路はトラックがすれ違えるほどの幅があった。一朝一夕で建設できるものではない。しかも歩いていてわかるのは、道路の完成度の高さだ。ガダルカナル島ならスコールもあるだろうに、道路は泥濘になっていない。舗装こそされていないが、自動車の通行は自由にできる。

側溝はないが排水が有効なのは、この道路には暗渠《あんきょ》が設けられているのだろう。暗渠を設けてあることの意味は重要だ。側溝なら水がたまり、マラリアを伝搬する蚊が増える。暗渠ならそうしたことは避けられる。

「これはただの基地じゃない。建設途上の基地なんかじゃないぞ！」

第3章　攻　勢

1

ここはただの建設途上の基地ではないかもしれない。リーダーの予想は、道路を進むにつれて強まっていった。

一つには、道路が予想以上に長いことがある。少なくともすでに二キロは続いているだろうか。

単に二キロの道があるのではない。少し前まで文明世界とは隔絶していた孤島の中に、自動車の通行が可能な道路が整備されているのだ。

相当の準備を整えていたか、さもなくばかなり以前から建設を行っていなければ、こうした道路は建設できないだろう。

言うまでもなく、日本軍は孤島に道路を建設するため、ここに上陸したのではあるまい。基地の建設こそが彼らの目的で、道路はそのために必要な道具に過ぎないのだ。

このまま前進を続けるかどうかリーダーは迷ったが、やはりそのまま前進することにした。少なくともこの道路がどこまで続き、そこに何があるのか程度は把握せねばなるまい。

なにより気になるのは、この道路が車両の通行が可能であるということだ。こんな孤島に車両の通行が可能な道路があるというのは、それなりの数の自動車の交通があることを意味する。それはそのまま基地の規模に反映するだろう。

「止まれ！」

リーダーは声には出さずに距離をおいて接近してくる部下に手で静止するよう示す。

リーダーは道路の脇にいくつもの建屋を見つけた。断面が半円状の建物が四つか五つある。幅は一〇メートル、奥行きは五〇メートルほどだろうか。

そこには多数の自動車が出入りするのか、舗装していない道路はかなり傷んでいた。それからすれば、ここは海岸からの物資を一時的に収納する倉庫のような場所か。

歩哨《ほしよう》の姿は見えない。軍の規律としてどうかとも思うが、現実問題として、こんな絶海の孤島に歩哨を置くのは無意味という考えもわかる。確かに自分のような人間はいるわけで、無意味ではないのだが。

倉庫の中身は気になったが、いまは前進する。倉庫からさらに一キロほど前進して、リーダーは開けた場所に出た。

そこは縦横二キロ程度、ジャングルが伐採されており、どう見ても滑走路を建設している。ただ暗いのでどの程度の滑走路かはわからない。

切り開かれた平坦地の大きさから考えて、滑走路が二本あっても不思議はない。さすがに日本軍も灯火管制は徹底しており、深夜では基地の細かい状況まではわからない。

さらにどうやら日本軍も、基地施設の内部には歩哨を置いているらしい。

彼もいきなり暗闇から誰何《すいか》されたが、相手もこちらの姿が見えていないと咄嗟《とつさ》に判断し、猫の鳴き真似でその場をしのいだ。

時計を確認すれば、そろそろ潮時だろう。彼は部下とともに、その夜は拠点に戻った。

2

「基地の周辺に猫がいるらしい」

柳兵曹長は食堂での朝、部下たちからそんな話を耳にする。歩哨に立った兵士が物陰に気配を感じて誰何したら猫だったというのだ。

「だから、あの猫を捕まえたら、野ネズミとか小動物の害を減らせるんじゃないですか」

「ネズミの害なんかあるかよ。ここの兵舎は鉄板でできてるんだぞ」

「そんなこと言っても、ネズミなんてどこからでも入ってくるだろう。軍艦にだってネズミは棲みつくんだぞ」

「軍艦長門にネズミが巣くうのか」

「もののたとえだ」

警備隊の将兵の話を聞きながら、柳兵曹長は気がつく。彼は歩哨に立った男に確認する。

「お前、それは本当に猫なのか」

「猫ですよ、誰何したらニャアと鳴きましたよ」

柳兵曹長は顎《あご》をかく。

「ガダルカナル島に猫なんかいるのか？　誰が持ち込んだ？　ネズミが積み荷に紛れるなら話はわかるが猫だぞ」

「ガ島の原住民なら飼ってませんか」

「島で一番近い集落まで何キロ離れていると思ってるんだ。それにここの住民が猫を飼ってるのを見たことあるか」

そんな柳に別の兵士が口を挟む。

「飼い猫じゃなくても山猫の類《たぐい》がこのジャングルに生息しているとか」

「そんな動物、お前らこの二月ほどの間に一度でも見たか」

「そういう動物は夜行性なんじゃ」

「だったら、お前、いま頃、そいつに食い殺されてるぞ」

柳は歩哨だった男を指さす。

その場はそれで終わったが、柳はどうも納得できず、山田隊長に相談する。設営隊で一番の学識経験者だからだ。

「現地人が我々の基地を偵察しているのかな」

山田隊長の仮説は、柳兵曹長が思ってもみなかった解釈だが、部下たちから聞いた話よりは、よほど納得できた。

「襲撃を計画しているってことですか」

「襲撃はないだろう。彼らは原始的な生活水準かもしれないが、馬鹿じゃないんだ。オーストラリア人のおかげなのか、銃の怖さも知っている。

彼らが猫の鳴き真似をしたとしたら、それもオーストラリア人との接触のためかもしれん。

そうだとしても、彼らは我々のブルドーザーには目を剥いていただろう。轟音《ごうおん》とともに樹木を伐採し、更地《さらち》を作った機械にな。とりあえず我々は彼らの生活圏は侵していない。だから攻撃されるはずもない」

「でも、それならなぜ偵察を？」

「潜在的な脅威だからじゃないか。滑走路が完成したら工事完了だと理解できているのは建設に従事する我々だけだ。彼らにはわからん。

我々がこのまま基地を拡張し続け、自分たちの生活圏を脅かすかどうか、それを確認したのではないか」

「だとしたらどうします？」

「とくに危険はないと思うが、彼らが何を考えているかはわからん。話し合いで解決するにも、我々は彼らの言葉を知らぬ。

ともかく不測の事態を避けるためには、歩哨を密にして警戒を厳重にするよりないだろう」

「確かにそうですな」

そうしてその日のうちから歩哨の体制が見直され、海岸にも歩哨が置かれるようになった。

「何かしくじったか」

特殊部隊のリーダーは、その夜の偵察で日本軍の警戒がうって変わって厳重になったことに驚いていた。ルンガ岬のレーダー基地の周辺こそ、昨日と同様に歩哨さえなかったが、飛行場に接近すると、状況はまったく違っていた。

そもそも昨夜までは海岸にはいなかったはずの歩哨が二名もいた。道路の入口をそうやって固められては、内部には進めない。

それでも隙ができるのをうかがっていたが、歩哨は二名単位で交代し、容易に隙を見せない。

結局、隙がないので彼らは撤退するしかなかったが、それも容易ではなかった。ゴムボートで海に出てみると、どこにいたのか哨戒艇が接近してくる。

それは彼らのゴムボートを探しているわけではなさそうだったが、サーチライトをときどき海面や海岸に向けていた。

特に滑走路に向かう道路の周辺には密林の中までサーチライトが照射された。

彼らは生きた心地がしないまま、なんとか哨戒艇をやり過ごし、ルンガ川から拠点に戻った。

この状況で日本軍基地への侵入は自殺行為と思われた。大きな失敗はしていないはずだが、それを言ってもはじまらない。事実として敵は警戒を厳重にしているのだ。

リーダーはこのことを潜水艦に報告する。彼らの小型無線機では確実な通信相手は浮上中の潜水艦だ。

ほどなく潜水艦経由で司令部より、一度潜水艦に引き上げるよう命令が届いた。

この時点で彼らは自分たちの任務は完了したと解釈していた。しかし、潜水艦に戻ってからも、潜水艦が帰還する様子はない。そのまま待機するよう命令が出ているという。

そして、彼らは予想外の報告を聞く。

「ペンサコラが大破した」


ルンガ岬とムカデ高地の電探局は、連日反応する敵機に苛立《いらだ》っていた。それは速度から水偵と思われたが、迎撃機を出してもすぐに察知され、消えてしまう。

どうやら水偵の母艦である重巡洋艦は日本軍よりも高性能の電探を装備しており、それにより自分たちは察知されずに水偵に退避命令を出しているらしい。

電探の技術者にしてみれば、電探の性能差を見せつけられているようなものだ。どうしても一矢《いっし》を報いねば気がおさまらない。

しかし、一人の技術者が気づいた。

「敵艦も我々に発見されるのは本意ではあるまい。だから可能な限り我々からは距離を取りたいはずだ。

そうなると、水偵は巡洋艦から直線で移動することになる。そして敵は我々を監視しなければならないから、ガダルカナル島からは離れられない。

そうして基地がここにあるとわかったなら、ガダルカナル島の北方域にいなければならない。

敵機が現れて迎撃機が離陸するまで、そしてそこから敵機が反転するまでの時間差を計測していったところ、どうやら敵の電探は我々より一〇から最大で二〇キロ有効範囲が長いようだ。

ならば、次に連中が現れたなら、敵艦の位置は割り出せる！」

そうして敵艦が水偵を出した時、すべての準備は整っていた。いままでの例から、敵巡洋艦の位置は絞り込まれていた。

そこでガダルカナル島から二手に分かれて攻撃隊が発進した。相手が潜んでいそうな場所は絞りきれているが、特定までには至っていない。

相手は逃走するかもしれず、それを避けるために、左右から挟撃するわけだ。ガダルカナル島の電探基地からある程度の距離を離れると、航空隊の動きは見えなくなる。そこからは彼らの裁量だ。

この時、重巡洋艦ペンサコラは二つの航空隊が迫ってくるのをレーダーで捉えていた。

水偵は日本軍部隊に接近するも、零戦によりあっけなく撃墜されてしまう。いずれの偵察機の違う方向から接近していたために、各個撃破されてしまった。

重巡洋艦ペンサコラは水偵の撃墜も、攻撃隊の接近もレーダーで掌握していた。

しかし、いまさら逃げようがないことは明らかだ。できるのは対空火器で応戦することだけだった。

攻撃隊は自分たちの戦力をわかっていたので、重巡洋艦ペンサコラのみに攻撃を集中する。

駆逐艦はこの戦闘では傍観者だった。艦攻六機は爆弾を投下し、零戦さえも爆撃を行ってくる。

四発の五〇〇キロ爆弾が命中し、重巡洋艦ペンサコラは激しく炎上し、さらに急激に傾斜しはじめる。

こうしてガダルカナル島の攻撃隊は、敵艦隊を後にした。

3

「日本軍のレーダー基地を爆破しろだと！」

特殊部隊のリーダーは潜水艦の艦長から伝えられた司令部の命令が信じられなかった。

要するに四人で再びガダルカナル島に赴《おもむ》き、レーダー施設を破壊しろというのだ。

「駆逐艦で砲撃するのじゃ駄目なのか？　巡洋艦は沈められたとしても駆逐艦があるじゃないか」

潜水艦の艦長は子供をあやすように説明する。

「駆逐艦が接近してもレーダーで発見され、航空隊に撃破されてしまうだろう」

「夜間ならどうだ？」

「ガダルカナル島に砲台があったらどうする？　島中を調べたわけではあるまい」

「それはそうだが、砲台などあるようには……」

「砲台があるかないか、駆逐艦で確かめないでくれ！」

ようするに、犠牲者を最小にしたいから四人で行け。そういうことであるらしい。

あいにくと部隊には爆薬も用意されていた。使う予定はなかったが、機材の定数として含まれている。つまり爆破作戦は可能だ。

「それでいつやるんだ？」

リーダーは尋ねる。

「三日後だ」

4

ブリスベーンに向かう予定の空母サラトガにその命令が届いたのは、深夜のことだった。

仮眠中を起こされたクリントン・ラムゼー艦長は、文面の意味が最初よくわからなかった。

「ガダルカナル島を奇襲せよ」

友軍がガダルカナル島にある敵のレーダー基地を破壊するので、その数時間後に航空隊で一撃離脱の攻撃を仕掛けろということらしい。

一撃離脱の攻撃で十分なのかには疑問はあったが、仮に不十分であったとしたら、準備を整えて再攻撃を仕掛けるのだろう。

なぜそう判断するかといえば、いま空母サラトガは駆逐艦一隻を伴うだけだからだ。

つまり、空母は脆弱《ぜいじゃく》な環境にある。本来ならこうした形での移動はまずないのだが、いくつかの偶然から、こうした航行を余儀なくされた。

なのでブリスベーンで彼らは友軍部隊と合流し、万全の態勢で作戦に参画することになっていた。まさにそのための移動中にこの命令を受けた。

攻撃は緊急を必要とするが、空母の安全も確保しなければならない。その妥協点が一撃離脱である。

一方でラムゼー艦長は、司令部の準備不足も感じていた。なぜなら、彼らがブリスベーンに向かうのは友軍と合流するだけでなく、空母航空隊の増援を受けるためだ。

真珠湾以降、米太平洋艦隊の戦力の中核は空母部隊が担うことになった。しかし、真珠湾奇襲自体が突然の出来事であったため、空母航空隊の搭乗員訓練が間に合っていなかった。

そのためミッドウェー海戦などは、なるほど結果において勝ちはしたものの、その戦闘での搭乗員の技量は決して満足できる水準ではないことも指摘されていた。ある海軍士官に言わせるなら、「米海軍航空隊は編隊も満足に組めなかったことで、日本側の迎撃機を無駄に疲弊させ、奇襲効果を高めることに成功していた」という状況だった。

だが、ようやくそうした空母搭乗員の錬成が軌道に乗ってきたのが昨今だ。その乗員を迎えにいく。それがブリスベーンであるのは、アメリカがオーストラリアを戦略的に重要な国と判断し、その軍事力増強に協力しているためである。

一部のパイロットはオーストラリア軍の中で訓練されている。それはオーストラリア軍の航空戦力増強と米軍側の兵站《へいたん》の軽減の意味がある。

この教育にはアメリカの狡猾《こうかつ》さもあった。なぜなら、オーストラリア軍の訓練カリキュラムには空母での離発着が含まれていたからだ。それは当面、オーストラリア軍の軍人が非常時には米空母の搭乗員となると説明されていた。

しかし、オーストラリア軍はそれを将来のオーストラリア海軍の空母保有の布石と考えていたし、アメリカもそれを否定はしなかった。

アメリカの本音としては大型正規空母ではなく、大西洋の通商護衛用の小型空母にオーストラリア兵を乗せる程度のことしか考えていない。

いかに同盟国といえども大型正規空母を提供するのは、アメリカとしても簡単に首を縦には振れない。強力な大型正規空母を保有しているのは、世界に米英日の三国しかないのだ。

そして、太平洋は日米の空母戦となっている。その勝者が太平洋の覇権を手に入れるとなれば、空母保有国をこれ以上増やすことがプラスになるとは限らない。

畢竟《ひっきょう》、オーストラリア軍の協力は時間稼ぎとして重要ではあるが、アメリカの国内体制が動き出せば、すべて自国でまかなえる。

戦争とは戦後国際環境を有利にするための手段とするならば、オーストラリアの空母保有を認めるのはなかなかハードルが高いのだ。

しかし、それは将来の話である。上が戦略を持つのはありがたいが、ラムゼー艦長としては、少しは目先のことも考えてほしいと思う。

なぜなら増援を迎えねばならないとは、手持ち戦力が十分ではないということだ。なのに攻撃を仕掛けろという。

あるいは一撃離脱とは、それをわかってのことかもしれない。ただ敵情に関する情報があまりにも乏《とぼ》しいなかでのこの作戦は、現状認識の甘さを感じてしまう。

すでに潜水艦が失われたという話も聞いているし、正式な報告はないが、通信室は重巡洋艦ペンサコラからの緊急電を傍受している。それもガダルカナル島から近い海域で。

潜水艦から巡洋艦、そして空母。それはどう考えても戦力の逐次投入としか思えない。

「飛行長、奇襲攻撃の人選をしてくれ」

ラムゼー艦長は飛行長に命じる。
「総攻撃ではないんですか？」
「そんな余裕は我々にはない」

5

特殊部隊の四人は潜水艦から再びゴムボートに乗り、ルンガ岬に向かっていた。プラスチック爆弾を持ち、時限発火装置も持参した。しかし、自衛のための武器は拳銃だけだ。小銃さえもない。

理由は単純だ。仮に重機関銃を持ち込んだとして、武器で応戦しなければならない状況に陥ったとしたら、作戦は失敗だ。

本当なら拳銃さえ不要なのだが、さすがに丸腰で作戦に従事するつもりはなかった。それは気持ちの問題だ。

潜水艦によれば周辺に哨戒艇はないという。だからゴムボートでの接近は気取られないはずだ。

波は穏やかではなかったが、なんとかゴムボートで接岸できた。しかし、四人は楽観できなかった。当然のことであるが、ルンガ岬のレーダー基地には歩哨が立っていた。先日はいなかったのに。

「歩哨を始末しますか」

サブリーダーの提案にリーダーは首を振る。

「歩哨が殺されれば、我々の侵入が露呈する。レーダー基地に敵兵が侵入したら、それが破壊工作なのは子供にもわかる」

「確かにそうですな」

最善の策は、歩哨に気取られないよう施設に侵入することだ。幸いにも歩哨は一人だった。通常、歩哨は二人のはずだが、孤島ゆえに一人しかいない。

そして当然ながら、彼は施設の敷地に入る道路を守っていた。周辺は隙だらけだ。そしてそれは、じつは比較的容易だった。ジャングルの中の更地だ。だからジャングルの中を移動すればいい。

夜行性の鳥などが鳴いているためか、ジャングル内の移動は音から気取られることはなかった。

施設周辺が有刺鉄線で覆《おお》われていれば違ったが、ジャングルが障壁になると思われたのか、そうしたものはなかった。

そうして四人は建物の影に沿って電探のアンテナに向かう。施設内のどれがレーダーなのかわからない。だからアンテナを狙う。そこを破壊すれば、レーダーの中枢部も破壊できるはずだ。

「誰か！」

歩哨が叫んだ時、一同は硬直した。しかし、歩哨は動かなかった。侵入者の存在に確信が持てなかったのだろう。

歩哨の声で何かの鳥が驚いて飛び立った。歩哨は何かつぶやいて、道路に向かって銃を構える。

「夜明けの一時間前に起爆するようセットしろ」

リーダーは告げる。それだけあれば爆弾の存在は露呈せず、自分たちが逃げる時間を確保できる。

爆弾は四基が仕掛けられた。それが終わると、四人はすぐにレーダー基地を後にする。ジャングルを抜け、道路を移動し、海岸に出る。

「待て！」

リーダーは静止する。沖合を哨戒艇が移動している。いまここから移動するのは危険だ。

哨戒艇は何かを探しているのか、海面や海岸をサーチライトで照らしている。おそらく具体的な敵がわかっているのではなく、潜水艦などが接近した場合、それを牽制しようとしているのだろう。

哨戒艇は一時間ほどして移動した。リーダーはすぐにゴムボートを出して移動する。予定よりも大幅に遅れてしまった。

「潜水艦がいない！」

予想外の事態だった。何度も現在位置を確認する。ガダルカナル島の島陰が見えているから、位置の特定はやりやすい。じっさい位置は間違っていない。

「潜水艦が逃げたのか……」

信じがたいが、あの哨戒艇がずっと腰を据えていたら、潜水艦も迂闊に動けない。

そんな時に突然、近くの海面に潜望鏡が突き出た。

「おーい、ここだ！」

リーダーたちは手を振る。すると周辺が泡立ち、潜水艦が現れる。

「心配させてすまん、とんだ邪魔が入ってな」

潜水艦の艦長が、そう言って四人を出迎える。

そして約一時間後、レーダー基地に仕掛けた爆弾が起爆する頃だ。

艦長は、リーダーにその権利があると、潜望鏡を見るように勧めた。そして時間になる。

真っ暗だったガダルカナル島で何かが光った。それは四回続き、その周辺が炎で明るくなる。

「やったぞ。成功だ！」

リーダーは部下たちにその光景を見せる。その後で艦長が確認する。

「レーダー基地は完全に破壊されてますな。成功おめでとう」

艦長がリーダーに手を差し伸べ、二人は握手を交わした。

6

「雌牛《めうし》に仔が産まれた」

米太平洋艦隊から空母サラトガに送られてきたメッセージは短かった。

ガダルカナル島のレーダー基地が破壊されたら攻撃を行うという意味である。むろん攻撃を仕掛けるのは空母サラトガだ。

攻撃隊は二〇機だった。Ｆ４Ｆ戦闘機が五機にＳＢＤ急降下爆撃機が一五機。奇襲なら戦闘機はそれほど必要なく、むしろ少ない戦力で相手に打撃を与えるためには攻撃機の比率を高めねばならない。

二〇機の戦爆連合はこうして出撃していった。雲が多い天候だが飛行には差し支えない。

ただ編隊は正直、編隊の体をなしておらず、航空機の固まりのような有様だった。それも仕方がない。戦争となり、錬成途上の部隊まで実戦部隊に組み込まねばならなくなったからだ。増援が来たら、錬成途上の部隊は最終訓練を行うことになる。

もっとも、現場のパイロットたちは楽観的だった。自分たちはミッドウェー海戦（まぁ、サラトガは参戦していないけど）で敵空母を三隻も撃破した。恐れるものはないと。

そうしてガダルカナル島の姿が見え始めた頃だった。集団から孤立していた二機のSBD急降下爆撃機が、次々と撃墜されていく。それは零戦隊の攻撃だった。

「待ち伏せだと！」

将兵はレーダーを破壊したと聞いていたのに、奇襲されたことに驚き、そして戦意を少なからず喪失した。戦力比の優位はありながらも、精神的ダメージはそれ以上に大きかった。なにしろ瞬時に二機も失ったのだ。

これで編隊がきれいに組めていたら、防御火器で互いに支援するという戦術も使えたのだが、編隊さえ組めていないのに、防御火器による相互支援など思いもよらない。

ガダルカナル島の六機の零戦隊は、Ｆ４Ｆ戦闘機には手を出さず、攻撃機にだけ火力を集中する。六機の銃弾の数を考えるなら、戦闘機など攻撃していられない。

Ｆ４Ｆ戦闘機はそれでも友軍機の護衛を試みるが、戦闘機の数では零戦隊のほうが多い。そして一機のＦ４Ｆ戦闘機が撃墜されると、戦力差はさらに広がった。

Ｆ４Ｆ戦闘機四機は何もできないに等しい状態で、ＳＢＤ急降下爆撃機が撃墜されるのを見ているしかなかった。

八機のＳＢＤ急降下爆撃機が撃墜された時点で、戦爆連合の指揮官は撤退を決断し、命令する。

迎撃機の出現がないという前提の作戦で迎撃機が現れれば、しかも、それによる損失が甚大であるならば撤退以外の選択肢はない。

この撤退の判断は零戦隊にも幸いしていた。六機の迎撃機は、残弾もほぼ切れていたためだ。それをサラトガの飛行隊指揮官が読めていれば、状況はまた違ったかもしれないが、彼は継戦を考えなかった。

7

「着陸は西滑走路、発進準備は北滑走路を使え！」

ガダルカナル島の飛行基地は文字通り、戦場のような忙しさであった。迎撃戦闘から帰還した機体の収容と、ラバウルからやってきた増援の収容と発進準備を同時にこなさねばならないからだ。

「ガ島の戦闘機は後まわしでいい。ラバウルの戦闘機と艦攻の整備を優先させよ！」

ラバウルからの増援は零戦が一〇機。銃弾はラバウルで補充し、ガダルカナル島では整備と燃料補給だけだ。

それと並行して、偵察機も合わせて七機の艦攻が出撃準備を進める。じつを言えば艦攻はすでに準備を終えており、残るはラバウルからの増援だ。

ガダルカナル島の零戦六機は空中戦を終えてからの帰還であるため、念入りな整備が必要なのと、島の防衛にも戦闘機が必要という理由である。

伊藤飛行長は飛行機の発進準備だけでなく、攻撃準備も考える。ルンガ岬の電探局は米軍部隊の工作により木っ端微塵《こっぱみじん》に吹き飛ばされ、歩哨を含め多数の死傷者が出た。

海岸にはゴムボートを動かしたような跡があり、どうやらなんらかの特殊部隊の仕業らしい。幸いにも飛行場そのものに被害はない。

ルンガ岬の電探は破壊されたが、ムカデ高地の電探は生きていた。攻撃を受けた時点で、伊藤大尉や山田設営隊長には、これが奇襲攻撃の前ぶれとすぐにわかった。

電探があれば奇襲ができない。だから基地を破壊する。じつにわかりやすい作戦だ。

そこで迎撃準備を進めるとともに、攻撃機も準備する。ここに攻撃を仕掛けられるのは、どう考えても空母しかない。

この判断は連合航空艦隊司令部も同様のようで、すぐに日本の艦隊司令部よりラバウルに戦闘機の増援を送るよう命令が出る。空母攻撃のためである。

それでも戦闘機が一〇機なのは、ガダルカナル島の基地は完成しているわけではなく、それ以上の戦力を送っても着陸できないためだ。

だから戦爆連合は戦闘機一〇、艦攻七の一七機となるが、これでも敵空母に爆弾の一つも命中させれば、敵には大打撃となるだろう。

最初に出撃したのは七機の艦攻隊。例の三菱製の艦攻には指揮官として伊藤が乗り込んだ。いずれも二五〇キロ爆弾を搭載していたが、彼らが出撃すると基地にはもう爆弾はない。

さらに一〇機の零戦隊が、整備を終えた順に飛び立っていく。それでも艦攻には追いつき、しかるべき配置に順次ついていく。

当然のことではあるが、迎撃機のＦ４Ｆ戦闘機隊が現れた。数は一〇機である。本来なら奇襲となるべきところだが、すでに伊藤の部隊は敵空母の電探の存在を前提に作戦を立案しているため、奇襲効果は低い。

伊藤らにとっては、そろそろ敵が現れる場所で敵が現れたに過ぎないのだ。

さらに伊藤が余裕を持てたのは、先ほどの空戦で、Ｆ４Ｆ戦闘機隊の技量のほどがわかったからだ。撃墜機は一機だが、それはＳＢＤドーントレスを優先した結果であって、こちらが攻勢に出るとなれば、話は違う。

Ｆ４Ｆ戦闘機隊の致命的な問題は、戦闘機の性能以前に、彼らは組織的な戦闘に長《た》けていないことだ。僚機との連携戦術に問題があったのだ。

結果として迎撃戦闘機は、各個に零戦に撃破されることとなる。艦攻を攻撃しようとするＦ４Ｆ戦闘機と零戦に応戦しようとするＦ４Ｆ戦闘機がバラバラなのだから、効果的な迎撃ができるはずがない。

それでも艦攻は編隊を維持し、互いの防御火器で支援しながらF4F戦闘機と戦わねばならない局面もあった。しかし、戦闘機隊はそもそも実戦経験に乏しいのか、複数の艦攻から反撃されると攻め口が見つけられないようだった。

そうしている間に伊藤大尉は眼下に空母の姿を認めた。

「空母サラトガだ!」

それはレキシントン級空母だが、珊瑚《さんご》海《かい》海戦でレキシントンが戦没している。ならば消去法で、サラトガとなる。

伊藤にとって意外だったのは、空母が駆逐艦一隻を伴っているだけだったことだ。米海軍にとって空母は虎の子のはずで、それなのになぜ駆逐艦一隻だけの護衛なのか?

しかし、そんな理由はどうでもいい。いまは敵空母の護衛の薄さこそ重要だ。七機の艦攻はW型の配置で、後方から空母サラトガに迫る。対空火器は激しいが、それでも一隻分だ。駆逐艦の攻撃は離れているのでさほどの脅威ではない。

爆弾は投下され、七発の爆弾のうち二発が飛行甲板に命中した。空母サラトガは爆発炎上したが、伊藤の見るところ、致命傷までには至らないように思えた。

しかしながら、それは伊藤も織り込み済みの話ではあった。なぜなら、補給の関係でガダルカナル島に配備されたのは陸用爆弾であり、対艦用の徹甲爆弾ではなかったためだ。

しかも二五〇キロ爆弾となれば、飛行甲板を一時的に潰すのには十分としても、空母そのものに致命傷を与えるには十分ではない。

それでも現在の状況であるならば、敵空母を戦列から外せるなら大きな意味はあろう。

「とりあえず、作戦は成功だ」

8

「ガダルカナル島のレーダー基地は破壊したのではなかったのか」

ニミッツ司令長官は、空母サラトガが日本軍の攻撃により爆撃され、飛行甲板の損傷により数カ月は戦列に戻れないという報告に、怒りよりも先に当惑していた。

特殊部隊だけでなく、潜水艦の艦長もガダルカナル島のレーダー基地の破壊を確認している。にもかかわらず、空母サラトガの奇襲部隊は迎撃され、あまつさえ返り討ちにあってしまった。

さすがに撃沈されたりはしなかったが、飛行甲板を破壊され、数カ月は空母として機能できない。この重要な時期に空母が使えない点では、撃沈されたのと大差ない。

「どうやら状況的に、ガダルカナル島にはレーダーがもう一つあったようです。特殊部隊が侵入できなかった基地内にあったと思われます」

レイトンの分析は妥当なものと思われたが、いまそれがわかったところで、なんの救いにも足しにもならない。

「この状況でガダルカナル島を、どう陥落させるか」

ニミッツには、その答えの一つはわかっていた。少なくとも空母二隻を含む機動部隊で島を強襲する。奇襲などはあてにせず、正攻法で攻めるのだ。

しかし、それには相応の準備が必要だ。現有の太平洋艦隊の全戦力に匹敵するだろう。だが、ガダルカナル島はそこまでする価値のある島かと言えば、疑問は残る。

さらにガダルカナル島が、米太平洋艦隊主力を集めるための餌という可能性があるならば、なおさら正面からの攻撃は考えものだ。

「魚雷艇を用いてはどうでしょうか」

レイトンは言う。

「ガダルカナル島周辺の島嶼帯《とうしょたい》に魚雷艇基地を設定し、ガダルカナル島までの海上輸送路を寸断する。魚雷艇への補給は潜水艦でも可能ですが、航空基地の補給は潜水艦では無理でしょう。

そうして補給を寸断すれば、航空戦力は動けません。ならばレーダーが何基あろうとも、大きな問題にはならないはずです」

「魚雷艇か……」

ニミッツにとって魚雷艇という選択肢は、自身の視界の中にはなかった。しかし現状では、合理的な選択肢ではある。

「やってみるか……」

9

山田設営隊長は、過日の空母奇襲の戦果から増援部隊を受け取った。それは設営部隊の増援であったが、正直、仕事を増やされた感のほうが強い。

なぜなら、増援とは名ばかりで、じっさいには新設設営隊の錬成を目的とされていたためだ。

そして、ガダルカナル島の基地設営はほぼ終わりが見えていたため、山田は増援部隊にツラギでの工事を委《ゆだ》ねることにした。中途半端に基地建設に関わられると、かえって作業能率が低下する。段取りをすべて組み直さねばならないからだ。

しかし、ツラギの基地機能の強化なら、段取りからすべてを増援部隊に任せてもガダルカナル島に影響はないし、逆にツラギの基地建設は増援部隊の将兵を錬成するには適度な課題である。

特に山田が重視したのは、ツラギの電探基地建設だった。これは過日の電探基地破壊の経験から、複数の電探基地建設が有効（じっさいムカデ高地の予備の電探基地がガダルカナル島の危機を救った）であることと、今後こうした方面の経験を積んだ人材が必ず必要になるとの判断からだ。

これは山田隊長自身がガダルカナル島の基地建設で感じたことだが、ほかの飛行場施設と比べて電探施設は特別な存在であるためだ。

つまり電探が敵襲を察知した場合、飛行隊や航空隊司令部に迅速にそれを伝えるため、司令部や飛行隊の待機場への確実な通信回線の整備が必要となる。

さらにこれは現場からの要望として、敵部隊の動きを電探で察知して、行動中の友軍部隊に連絡してほしいというものがあった。となれば、電探基地と通信基地の間にも確実な通信回線が必要となる。

これは単に電話線を基地内に張りめぐらせるという話ではなく、指揮命令系統と電話網がマッチしている必要があった。

さらに損傷機の収容や不時着機の回収など、電探の情報をもとに基地内の各部門が迅速に動くためには、基地の構造も無関係ではない。

つまり航空基地の設計において、電探の能力を十二分に活用しようとすれば、指揮系統も含めた航空基地全体の設計の合理化が必要になる。

これはとかく作戦面に疎《うと》いまま、言われるままに基地建設を進めがちな技術士官たちに、戦術眼を養わせる上でも重要であるだけでなく、兵科将校との折衝でも重要なことであった。彼らが不合理なことを行おうとした時、条理でそれをとめられるのは技術士官しかいない。

もちろん、技術士官と兵科将校がそうそうぶつかったりはしないのだが、真に信頼を勝ち得るためには、技術士官も兵科将校に戦術的提案ができるようにならねばなるまい。むろんそれは、兵科将校側の技術的提案を公平に受けとめられる度量と不可分の話であるが。

一方でルンガ岬の電探基地は、山田の部下たちが復旧していた。理由はそれが航空基地というシステムの要であるためだ。ならば基地全体について把握しているチームでなければ、復旧はおぼつかないだろう。

そうしたなかで、山田設営隊長は上位の司令部に哨戒艇の派遣を要請していた。過日の電探基地爆破は、結果だけを言えば、ほかの基地施設の破壊までには至らなかった。石油タンクなども無事である。

しかし、それはむしろ幸運と考えるべきであり、同様の特殊部隊が上陸した時、同じ幸運を期待できるとは限らない。

敵は潜水艦で接近したと思われたが、それは要するに島の哨戒態勢の問題である。現在はかつての二等駆逐艦が哨戒艇となっているが、一隻ではどうにもならない。この哨戒艇で敵襲を阻止したこともあり、特殊部隊の侵入を許したのは彼らのせいではなく、一隻で島一つを守るというのが、どだい無理なのである。

そうしたなかで司令部からの返答は予想外のものだった。

「これを使えというのか」

山田設営隊長は、支援艇という名目で送られてきた、その船に驚いた。細長い船体で、後部にエンジンとプロペラがついており、バランスを取るように船首に連装機銃が装備されていた。小型の探照灯もついている。

ただ構造が単純なだけに、甲板には割と広い作業エリアが設けてあり、短距離なら物資輸送も可能であるようだ。

「プロペラ艇というようです」

柳兵曹長は楽しそうに説明する。この船の要員を含め、五隻のプロペラ艇は柳兵曹長の指揮下に置かれる。

「まぁ、ないよりはましか」

山田設営隊長としては、そう割り切るよりない。それに二等駆逐艦と比較すれば確かに船舶としては劣るものの、島嶼周辺の哨戒任務という目的に絞るなら、必要な働きはしてくれるだろう。

潜水艦の船殻なら二五ミリ機銃弾を撃たれれば貫通するだろうし、船殻を貫通されれば潜水艦は沈没する。

どこまで役に立つか知らないが、対潜爆弾も二発搭載している。ただ、勘で舷側から転がして投下するのでは、相手を牽制するくらいにしか使えまい。

それでも潜水艦を撃沈できる手段を持っているという事実は重要だ。可能性が低くてもゼロではない。

プロペラボートは三〇ノット近い速力で海上を移動できた。使っているのは航空機用エンジンだが、一世代前のエンジンなので信頼性は高いという。

カウリングこそ外してあるが、じっさいは旧式の軍用機の機首の部分そのままらしい。プロペラピッチだけが逆向きで、後ろ向きに風を送る。

このへんのことからわかるように、これは方面艦隊で製造した雑船で、制式兵器ではないという。帳簿上は廃棄され、解体される飛行機の転用というわけだ。

そのため機銃の同調機構もそのままで、じつは後方に機銃掃射もできるらしいが、それを使うことがあるかどうかはわからない。ただ取り外すのも面倒なので、機銃ごと装備されている。

小型車の普及が建設重機や機械産業全体の技術水準を底上げしたのは、山田も技術者として知っていたが、そこからこんな船が飛び出して来るとは思わなかった。

海軍では、本当なら魚雷艇というべき小型艇を開発しているが、そちらの開発は難航しているという。制式兵器にするためもあるが、色々と難しいことがあるようだ。

水冷航空機用エンジンの転用で、最初は高速艇の試作品が完成した。それは八〇〇馬力エンジンを三基搭載したものだったという。試作品の性能は海軍の要求を満たしていたらしい。

ところが、試作品の予想外の高性能に「魚雷以外の兵装を追加すべき」という意見がいくつも出た。

機銃くらいは最初から考えられていたが、爆雷投射機とか七〇ミリ砲などという意見まで飛び出して、要求仕様の増大と混乱から、魚雷艇開発は暗礁に乗り上げているという。

どうも軍令部などは、島嶼戦における防御戦力として魚雷艇を考えていたらしい。二等駆逐艦よりベニア板の魚雷艇のほうがよほど製造も容易だ。

しかし、ここで欲を出して魚雷艇を二等駆逐艦的な船にしようとしたことで、なんとも中途半端なものになってしまったのだという。

仕切り直しは進められているが、とりあえずはプロペラ艇で時間を稼ぐということらしい。軍令部もこんな珍奇な船を二等駆逐艦並みにとは、さすがに考えなかったのだろう。だから成功したわけだ。

「最大の武器はやはり機銃なのか」

山田の質問に柳は意外な答えを返した。

「いやぁ、武器というなら無線機でしょう」

「無線機？」

「数キロしか届きませんが、無線電話があります。これで互いに連絡を取り合えば、敵を牽制したり挟み撃ちにできますよ」

なるほど、無線通信が確実なら、それは確かに武器になる。

「明日から戦術訓練にかかります」

じっさい柳らは戦術訓練にかかった。訓練には飛行隊の人間も参加していた。エンジンが飛行機のものだからだろう。

だがルンガ岬で訓練を見ている限り、飛行場をバイクで疾走して遊んでいるのと、大差ないように山田には思われた。

10

ソロモン海には一〇〇メートルにも満たないような島嶼が点在していた。その一角に第三魚雷艇班があった。四隻の魚雷艇を有する独立した部隊である。

この時期のアメリカの魚雷艇は発展途上にあり、特に魚雷に問題を抱えていた。

アメリカ海軍の初期のＰＴボートはイギリスのような一八インチではなく、より大型の二一インチ魚雷を搭載していた。米海軍には一八インチ魚雷のストックがほとんどなかったためだ。

その二一インチ魚雷も第一次世界大戦の駆逐艦用のMK8魚雷であり、水平に発射しなければ舵機が損傷するなど、色々と問題を抱えた魚雷であった。

そのため発射管ごと魚雷艇に搭載する必要があり、魚雷艇はいささか重量過多となっていた。

それでも第三魚雷艇班のメンバーの士気は高い。彼らは魚雷艇の可能性を信じていた。

魚雷艇三隻とは別に、少し離れた島嶼の陰に大型漁船程度の支援船舶と魚雷艇一隻が隠れていた。二〇〇トンほどの排水量の機雷掃海艇を若干改造したものだ。

さすがに掃海艇と魚雷艇が固まっていれば、日本軍にも気取られる。だから分散して隠れるのだ。

掃海艇の役割は、魚雷艇への補給と居住施設の提供、さらにレーダーによる周辺の監視だ。

補給といっても掃海艇であり、魚雷は四本しか積んでいない。手持ちがなくなったら補充する。じつを言えば米海軍は深刻な魚雷不足だった。

日本軍の攻撃により魚雷倉庫が破壊され、二〇〇本以上の魚雷が失われてしまったからだ。

昼間は島嶼に隠れていた彼らも、夕刻には動き出す。掃海艇と一緒にいた魚雷艇にほかの乗員たちが乗り込む。この魚雷艇がバスの代わりになって、ほかの三隻の魚雷艇のもとに向かう。

さすがに三隻の魚雷艇は無人ではなく、交代で留守番役は残っていた。そうでなければ緊急時に即応できない。

また、ある程度は残ってくれないと、さすがに魚雷艇一隻で四隻分の乗員すべては運べない。

そうやって配置についても出撃するとは限らない。掃海艇のレーダーが敵影を捉えねば動けない。

掃海艇のレーダーはそれほど高性能ではなかったが、また高性能である必要もなかった。魚雷艇の航続力には限界があるからだ。

さらに、魚雷艇は大量に燃料を消費する。だから無駄な長距離移動は避けねばならない。掃海艇はタンカーではないのだ。補給できる燃料には限度がある。

何日かは空振りだった。しかしある日、掃海艇のレーダーが敵影を捉える。

「ガダルカナル島に向かう輸送船だ。それも独航船だろう」

すぐに魚雷艇二隻に出動命令が下る。四隻出すほどでもなく、さりとて一隻では戦術的選択肢が狭められる。だから二隻が適当だ。魚雷や燃料も節約できる。

掃海艇のレーダーの指示にしたがい、微速で適当な海域まで前進し、敵船を待ち伏せる。

敵船の位置は掃海艇から指示されるが、攻撃のタイミングは魚雷艇側が判断する。

「我々は右舷後方から接近し、襲撃する。二号艇は左舷後方より接近し、襲撃せよ」

「二号艇、了解！」

二隻の魚雷艇は微速で移動する。やがて彼らは攻撃すべき日本船舶を目視で確認する。それは三〇〇〇トンほどの貨物船だった。

驚いたことに、ときどき煙突から火の粉が見える。いまどき石炭を燃料にしているらしい。あるいは重油と石炭の混燃かもしれないが、いずれにせよ旧式なのは間違いない。

「あちらさん、よほど船舶に困っているのか」

そうとしか思えない。さもなくばこんな船が、この海域をうろついているとは思えない。

標的となる貨物船に二隻の魚雷艇は接近する。深夜の海面に白い航跡が浮かぶ。

それは貨物船でもわかったのだろう。貨物船は反撃してきた。

魚雷艇の周囲に水柱が昇る。威力は小さいが発射速度は速い。

「野砲なんぞ積んでいやがる！」

旧式貨物船と思っていたが、野砲を搭載している。しかも少なくとも二門は積んでいる。旧式に見えたが、それは間違いなのかもしれない。

魚雷艇が高速だから命中しないが、野砲の照準は意外に正確だ。あれは武装商船なのか。

それでもついに魚雷艇は雷撃を実行する。左右両方からの雷撃に貨物船は避けようがない。

一号艇の魚雷が最初に命中した。それは確かに命中であった。だが、魚雷は爆発しない。

どういうことかわからないが魚雷は不発だ。そして、二号艇の魚雷が命中した。

船体の破片が飛び散り、爆発の威力で船全体が赤く燃える。

ともかく貨物船は爆発炎上した。貨物に可燃物を満載していたのか、貨物船は派手に炎上した。そして大爆発を起こす。炎上により船のシルエットは鮮明になる。

それは旧式船ではなく、明らかに新しい船であった。煙突からの火の粉は何か別物だったのか。新造船で煤《すす》が燃えることがあるというが、それなのか?

「撤収だ!」

貨物船を撃破し、魚雷艇は撤収した。

第4章　高速戦闘

1

「敵が潜んでいるとしたら、このあたりか」

ツラギの飛行艇は、ガダルカナル島に向かう航路帯付近の島陰を飛行していた。

連日の魚雷艇による被害に、艦隊司令部も手を焼いていたためだ。一度、駆逐艦が護衛について貨物船を送った時も魚雷艇は現れたが、その時は駆逐艦と戦闘となり、駆逐艦の火砲が魚雷艇を粉砕し、木っ端微塵《こっぱみじん》とした。

撃沈はその一隻だけではあったが、ほかの魚雷艇はそのまま逃げ出し、それから一週間ほどは何もなく、駆逐艦の護衛もなくなった。

ラバウルの第四艦隊は、有力艦艇は戦艦伊勢、日向の二隻を有するものの、駆逐艦の数は十分ではなく、ニューギニア方面の敵軍にもあたらねばならないため、貨物船の護衛に駆逐艦を充てることもなかなか難しかったのである。

そして駆逐艦の護衛がなくなると、すぐに魚雷艇の攻撃は再開された。

そこでツラギの飛行艇隊が、島嶼帯《とうしょたい》の偵察飛行を行うこととなった。島嶼帯のどこかに潜んでいるらしい魚雷艇を見つけ出そうというのである。

しかし、ツラギの飛行艇隊にとって状況は思わしくない。なぜなら、彼らが敵はいないと報告したその日に、魚雷艇は輸送船を攻撃したからだ。

飛行艇隊にとってはメンツを潰された格好である。汚名返上のためにも、彼らは敵の魚雷艇隊を発見しなければならなかった。

それもあって飛行艇は、通常では考えられない低空を飛行していた。高空では魚雷艇など発見できないとの判断だ。

とはいえ、成果のほうは疑わしい。そもそも飛行艇は島嶼に潜む魚雷艇を捜索するような訓練は受けていない。搭乗員たちもそれを意識したことはほとんどなかったが、いざその必要が生じたとなると、訓練不足を実感せずにはいられない。

しかし、すでに敵軍は動き出している。訓練不足ですと泣き言など言っていられない。それに隊長は「発見できます！」と司令部に請け負っており、いまさら後戻りはできない。

正直、水偵のほうが飛行艇よりいいのではないかという意見もあったが、多数の目がある飛行艇が有利という意見も否定できない。結局、結論が出ないまま任務は遂行される。

「おい、戻れ！」

見張員の一人が叫ぶ。

「あの島陰に何か船のようなものが見えたぞ！」

全員の視線がそこに向かう。確かに船影が島陰に見える。明らかにそれは隠されていた。

「いたぞ！　爆撃準備！」

「爆撃準備、宜候《ようそろ》！」

飛行艇からの爆撃は、訓練されてはいるが、そうそう行われるものではない。だからツラギの飛行艇も、小型爆弾をばらまくことで命中率をあげる方法に切り替えていた。

小型爆弾だけで一六個。それらを問題の島嶼に向けて投下するのだ。

機長は周辺の風向きや機体の速度を読みながら、爆弾を投下した。一六個の爆弾は問題の船影を取り囲むように落下し、次々と起爆する。

爆破によって、明らかに船の一部と思われる破片も確認できた。念のために周辺を飛行してみたが、海面に浮かんでいるのは明らかに船体の一部とその付属品であった。その破片は少なくとも二隻の木造船の残骸だった。

「襲撃してきた魚雷艇は二隻でした！」

「なら、これでおしまいか。念のため、写真撮影もしておけ！」

こうして飛行艇は去っていった。


「あんな小細工が成功するとは」

魚雷艇隊の指揮官はレーダーから飛行艇が消えてから、ダミーを放置した島嶼へと移動する。

ダミーは掃海艇の積み荷の箱や、島嶼で伐採して樹木を適当に加工したものだ。それを船っぽく組み上げ、島嶼に隠していた。ただし、それなりにわかるように。

日本軍が航空哨戒を密にし始めたためだが、彼らは見事にダミーを木っ端微塵にしてくれた。

これであと二日か三日、おとなしくしていれば、敵は航空哨戒もやめるだろうし、敵の海上輸送も再び活発化するだろう。

そうすれば再び総力で敵船団を襲撃すればいい。そして指揮官は、いままでダミーを置いていた島陰への移動を命じた。魚雷艇を撃破したはずの拠点に敵が戻るとは思わないだろうという判断からだ。

「さぁ、仕事を始めるぞ！」

2

貨物船北辰丸《ほくしんまる》は三五〇〇トンの貨物船であったが、海軍に徴用されて特設艦船となっていた。扱いはラバウルでの雑船であり、要するになんでもやった。

主な役割はそれでも輸送任務だが、強力な無線設備が搭載されているため、潜水母艦的な作業に駆り出されることもあった。またカタパルトを装備しているため、水偵を発艦させることもできた。

じつを言えば一〇センチクラスの火砲を装備して、仮装巡洋艦として活動するという計画もあったのだが、改造が大掛かりになるため、武装といえば連装対空機銃と七センチ砲や臨時に増設した速射砲くらいしかない。

そしていま、北辰丸はガダルカナル島に向けて移動していた。

「どうだ、何かつかまえたか」

船長は伝声管で通信室に確認する。

「弱い電波をつかまえました。周期的に傍受できるので、敵の電探に間違いありません」

「やはりな」

船長はほくそ笑む。輸送船を魚雷艇により失っていた第四艦隊と連合航空艦隊は、状況的に敵魚雷艇隊には電探があると分析していた。ちょうどその頃、海軍の技研が電探の電波を傍受する逆探という装置を開発していた。

この装置の開発には、二輪車や小型車によるモータリゼーションの進展が関係していた。二輪車を中心にステンレス鋼の需要が日本国内で増大し、それに応じて大量のニッケルが輸入されていた。

軍部にとってニッケルは軍事的にも重要な資源であるため、民間企業を利用して、国内に大量にストックするようなことも行われていた。

こうしたなかで真空管需要が増えてくると、メーカーもニッケルの備蓄に努めた。さらに小型車はステンレス鋼から代用材料が用いられるようになり、その分のストックが航空機産業に転用されるなかで、電波兵器も航空機産業に数えられるようになり、航空機無線機から基地用無線機器も優先的にニッケルを受け取れるようになった。

こうして逆探もまた、その流れで質の高い真空管を活用することができた。どうやっても代用品よりニッケル電極のほうが性能はいいのである。

そうした電子兵装の整備のなかで開発された逆探は、言うまでもなく電探の副産物だった。これは電探の受信機を超再生方式からスーパーヘテロダイン方式に改善する過程で提案された。

電探の受信機はスーパーヘテロダイン方式が望ましいことは、当初から指摘されていたが、現実にそれを実用化するのは困難を極めた。使用する周波数帯が中波や短波などよりも短いためだ。

そうしたなかで、「電探は闇夜に提灯《ちょうちん》だと批判したのはどこのどいつだ！」という声があがり始める。

電探の受信機にこんなに苦労しているのに、誰がこの電波を傍受するというのか？　そういう疑問である。電探用の極超短波の受信装置がこんなに技術的にハードルが高いなら、受信できる奴などいない。そういう理屈だ。

だが一方で、だからこそ敵電探の電波を傍受できる機械があれば、敵に先んじられるのではないかという意見も出てきた。

このような意図から開発されたのが逆探だった。電探の特定の周波数ではなく、ある範囲での周波数帯に反応する装置なので、電探の受信側だけで完成するわけではなかったが、かなり使えるものができあがった。

じじつ彼らは米軍の電探の電波を傍受し、それを回避することに成功していた。だからここまで到達できた。

そして、ここでの任務は魚雷艇狩りだった。過去の戦闘経緯を見ると、どう考えても電探で輸送船が発見され、その後に襲撃されているとしか思えなかった。

それはつまり、魚雷艇を指揮している電探搭載船を発見し、襲撃すれば、魚雷艇の動きを封じ込められることを意味する。そのために北辰丸は派遣されたのだ。

「逆探の性能からすれば、敵はおおむねこの海域にいると思われます」

通信長が船橋に上がってきて、いままでの観測結果から、相手の居場所を海図の上で丸く囲む。それでも半径一〇キロほどのエリアだが、何もわからないより大きな進歩だ。

「総員戦闘配置」

船長は命じる。すぐに乗員たちが持ち場につく。火砲や機銃、さらに手のあいたものは小銃や軽機関銃を持って部署につく。

「おそらく五〇キロまで接近すれば、敵にも我々の動きは察知できます。そこから魚雷艇隊が動き出すまで、三〇分というところでしょうか」

「つまり、夜明け前までに勝負はつくな」

3

「貨物船なのは間違いないか」

魚雷艇隊のリーダーは掃海艇に確認する。以前に駆逐艦を襲撃して一隻失うことになったためだ。

「単独で行動している。レーダーの艦影からすれば駆逐艦よりも大きい。独航船と考えて間違いないだろう」

船舶の手配がうまくいかないのか、日本軍は独航船の運用が多い。それは自分たちには好都合だ。

「念のため、三隻すべてで攻撃する。準備急げ」

いままでは二隻単位で攻撃してきたが、前回の駆逐艦との戦闘で、リーダーは方針を改めた。魚雷艇だからこそ、数の優位を生かさねばならない。

　掃海艇のレーダーは、敵の貨物船の動きを着実に捉えてくれる。レーダーによれば、貨物船はときどき針路を変えていた。それがどういう意図かはわからないが、あるいは潜水艦を避けているのか？

　そうしているうちに、やがて問題の貨物船が見えてきた。三〇〇〇トン程度だろうか。

「規律のゆるい船だな」

　それがリーダーの第一印象だった。彼がそう思ったのは、舷窓から光が漏れているためだ。敵襲を受けるかもしれないという時に、この失敗は致命的だ。

　おそらくは、商船そのものに実戦経験が乏《とぼ》しいのだろう。実戦経験が乏しいから、初歩的なミスをおかす。そういう船から消えていくことになる。

　そう、初陣で多くのものが死んでいく。生き残るための経験を積むには初陣を生き残らねばならない。

　舷窓の灯《あか》りを目印に魚雷艇隊は突進する。だが、彼らはすぐにサーチライトで照らされる。

「罠か！」

そう気がついた時には、魚雷艇の一隻は連装機銃の銃弾を受け、炎上していた。

しかし、その魚雷艇の悲劇は火災ではなかった。銃弾が命中したことで魚雷が動き出したのだ。発射管の中の魚雷は海水で冷却されることなく、危険なまでに温度を上げていく。そして魚雷内部のオイルなどが燃焼を起こし、弾頭ではなく魚雷そのものが圧縮空気や燃料の混合気に引火して爆発する。

魚雷の機関部の爆発で弾頭が誘爆し、魚雷艇は木っ端微塵となる。

サーチライトで照らされた魚雷艇は、あくまでも攻撃を続けようとした。しかし、サーチライトのために周囲が見えない。そうしたなかで商船からは銃弾や砲弾が飛んでくる。

待ち伏せされていたと思った時には、銃員は銃弾で倒れ、操舵も思うに任せない。そうして野砲の砲弾が命中する。

魚雷艇は一瞬で炎上し、燃えながら直進し、そして大爆発を起こした。

残る一隻も結果的に逃げ遅れた。銃弾や砲弾が次々と撃ち込まれ、エンジンが止まると魚雷艇は射的の的になる。砲弾を受けた魚雷艇は、そのまま爆発炎上した。

4

「何が起きているのか？」

掃海艇の艇長らは状況の推移に困惑していた。彼らのレーダーで明確にわかるのは日本の商船だけで、魚雷艇に関しては、それらしい反応が映ったり消えたりする状況だった。

船は小型であるし、しかも木造船で、レーダーに映りにくい要素はいくつもある。だから船影がレーダーに映らないのは不思議ではなかったが、ある時点から完全に船影がレーダーから消えた。

それだけでなく、遠くで何かが燃えている。

「敵を仕留めたのか」

最初はそう考えたが、レーダーの中で日本船は動いている。損傷を受けたようには、少なくとも見えない。

しかし、非武装の商船が三隻の魚雷艇の攻撃を受けて無事ですむとは思えない。

そして、水平線のほうが赤くなる。激しく燃えているというほどではないが、何かが燃えている。一つわかるのは、貨物船が燃えているなら、この程度ではすまないということだ。

やがて通信長が大慌てで報告する。

「敵貨物船は強力な武装を施しています！」

「仮装巡洋艦か！」

仮装巡洋艦相手なら、あるいは魚雷艇隊も苦戦するか。だが遠くから爆発音が響いてくると、想像は悪いほうに働く。

「魚雷艇隊がやられているのか！」

じじつ魚雷艇隊には連絡がつかない。どうやら自分たちは罠にはまってしまったらしい。

「撤収する！」

艇長は決断する。罠だとわかった以上、いつまでも、ここにとどまれない。日本軍が自分たちの存在まで把握しているかは不明だが、近場にいて発見されてはことだ。

だが、今度はレーダー手が不吉な報告をもたらす。

「小型の高速艇が接近してきます！」

柳兵曹長にとって、プロペラ艇隊の実戦指揮は初めてだった。ただ訓練の手応えとして、これは使えると思っていた。

制式兵器ではないため、兵装は二五ミリ連装機銃以外にもあった。日本陸軍は河川での攻撃運用のために装甲艇という独自の船舶を保有していたが、それに使っている五七ミリ砲塔を搭載したのだ。

むろん装甲など施しておらず、火砲と旋回機構のみだ。これは哨戒艇の代替として、プロペラ艇以外に陸軍の装甲艇も考えられていたためだ。

さすがに哨戒艇の代替にはならないと判断されたものの、雑船としては魅力的で、若干の改造ののちに試作艇がラバウルにきていた。ただしまだ一隻だけなので、ガダルカナル島には配備されていない。

装甲艇はともかく、この五七ミリ砲は彼らにとっての切り札だ。プロペラ艇ではこれ以上の火力は望めない。

「あれか！」

逆探を搭載していた北辰丸は敵電探の電波を捕捉しつつ、自らの針路を細かく変更し、電波源の方位の変化から相手の位置を割り出していた。

あとは待機しているプロペラ艇がそちらに向かうだけだ。島嶼に巧みに隠れられる点で、駆逐艦よりも小さな水上艦艇なのは予測がついていた。哨戒艇か何か、その類《たぐい》である。

そうであれば、自分たちでも相手を撃破できるだろう。それが彼らの考えだ。

そして、それは当たった。

前方に掃海艇がいる。木造船だ。左右から六隻のプロペラ艇が追いすがるように掃海艇に接近する。

掃海艇からも反撃してくるが、速度が速すぎて主砲弾は命中しない。逆に二五ミリ機銃弾は命中率の低さを発射速度で補い、着実な命中弾を出していた。

その影響は大きく、掃海艇は火災を生じ始めた。そこで五七ミリ砲が本格的な砲撃を仕掛ける。

あえて危険を冒して掃海艇と同航状態で移動し、五七ミリ砲で攻撃をしかけた。

艦砲としては五七ミリ砲など、ないに等しいような火力だが陸戦では違う。日本陸軍は戦車などにこの火砲を用いていたが、歩兵部隊の戦闘で相手の機関銃座を潰すには、この火砲は手頃だった。

そして同様のことは、いまも起きていた。つまり、木造の掃海艇を撃破するには、五七ミリ砲は手頃ということだ。プロペラ艇の砲撃により、掃海艇は炎に包まれた。沈没するには至らないが、作戦活動は不可能だろう。プロペラ艇隊は、無線通信で連絡を取りながら一斉に引き上げた。

5

「すべての魚雷艇隊が全滅したわけではありませんが、掃海艇を失ったことで作戦の継続は困難です」

米太平洋艦隊司令部のスミス参謀長は、ニミッツにそう報告する。彼はもともとレイトン主導の魚雷艇作戦には反対こそしないが冷笑的な態度であった。

「まぁ、作戦としては潮時でしょう」

レイトン情報参謀はスミス参謀長の態度など、まるで気にしていないようだ。

「潮時とはどういうことだ、情報参謀？」

さすがのニミッツも声が厳しくなる。部隊はほぼ壊滅したのである。それを潮時と片付けていいのか？

「魚雷艇作戦はあくまでも時間稼ぎです。ガダルカナル島の攻略は、正面からの攻撃によるしかありません。

ガダルカナル島は日本の最前線基地です。つまりそこを奪えば、日本軍の戦線は後退するよりない。

そのためには戦力を糾合《きゅうごう》する必要があり、そのための時間が必要です。魚雷艇隊はそのための時間を稼いでくれた」

「だから潮時か」

「現在、真珠湾攻撃による大破から戦艦ペンシルベニアが戦列に復帰し、空母ホーネットが使えます。さらにサンディエゴでの不眠不休の修理により、空母サラトガの修理が完了しました。

空母二隻に戦艦一隻の機動部隊が編成できます。この戦力でガダルカナル島を襲撃すれば、島は陥落するでしょう。

犠牲は出るかもしれません。しかし、ガダルカナル島を失った日本軍は、次の攻勢には出られないはずです」

「どう思う、参謀長」

スミス参謀長の表情が曇る。空母や戦艦の情報など、彼は知らされていなかったからだ。

しかし、参謀長はそうしたことなどおくびにも出さない。あくまでも平然としている。

「水上艦艇で叩くだけでなく、海兵隊により完全占領する必要があります。相応の規模の船団を編成する必要もあるでしょう。それらの護衛戦力も必要です。

空母の一隻を船団護衛に割くとなれば、攻撃隊は空母と戦艦でしょうか。しかし、戦艦一隻と空母一隻の組み合わせは、島嶼の攻撃としてはバランスが悪い。

そのへんをどう調整するかでしょう。数さえ集めればいいわけではありませんから」

「攻撃部隊と護衛部隊の編成か」

ニミッツ司令長官は、ガダルカナル島の正面攻撃が思った以上の大事になることを改めて思い知らされた。

しかし、それを理由に攻撃を思いとどまろうとは思わなかった。なぜなら特殊部隊やら魚雷艇やらを投入したのは、ガダルカナル島の基地が完成していない段階との観測があったためだ。

だが時間は過ぎ、敵は自分たちのガダルカナル島基地が狙われていることを認識し、種々の対策を行ってきた。おそらくいまのガダルカナル島は航空要塞とでも言うべき存在になっているだろう。

それでも正面から攻撃を考えるのは、要するに要塞化した島嶼の攻略はこれが最初で最後ではなく、今後も続くと考えるからだ。ラバウルにトラック島、そうした要塞を攻略しなければ、戦争は終わらない。

だとすれば、航空要塞としてのガダルカナル島は、最前線ゆえにまだ攻略は容易だろう。そうしてガダルカナル島を攻略すれば、爾後《じご》の日本軍との戦闘を展開する上で、多くの経験を得られるはずだ。

「参謀長、すぐに作戦案を起草してくれ。我々の前に航空要塞など存在し得ないことを教えてやるのだ」

こうして作戦が動き出した。

6

「やってきました！」

指揮所から双眼鏡を手にした下士官が叫ぶ。鉄塔を組み上げ、機銃も装備した指揮所には「海軍アンゴ航空隊基地」と書かれていた。

「電探の報告通りだな」

吉成《よしなり》大佐は、指揮所の鉄塔近くにあるカマボコ兵舎の司令部から空を見る。

そこには不思議な飛行機が接近してきた。一言でいえば箱である。箱に翼とエンジンを取り付けた飛行機が、ゆっくりとやってきた。箱には後ろに二つ、前に一つのタイヤがついている。

それが危なげもなく、ゆっくりと着陸した。すぐにトラックが飛行機の前にやってくる。

「あれが陸軍の新型輸送機か？」

吉成は新型輸送機と聞いていたので、その形状や着陸の仕方に驚いた。新型というから、巨人機がシュッと飛んでくるような光景を思い描いていたのだ。

「木製だそうです」

主計長が説明する。

「大量の物資を輸送するためだけに開発したそうです。エンジンなしのグライダーなら七トン、こいつみたいに自走すると四トンの積載量になるそうです」

おそらくソ連と戦争するような場面では、七トンというと一個小隊にはなるだろうから、こんなのを使えば密かに敵の背後に中隊や大隊を移動できるという計算か。

七トンあれば装甲車くらいは運べるか。

同時に零式輸送機のような輸送機ではなく、少なくともグライダーとしては使い捨てなのだろう。空挺部隊による奇襲兵器なら、回収ということは考えまい。

エンジン付きなら自力で戻れるとしても、このような愚鈍な機体が最前線に出てくれば練習機にだって撃墜される。あくまでも制空権が維持されている後方でのみ活用できる輸送機だ。

ただ四トンの輸送力は、日本ではたぶん最大だろう。それはやはり無下にはできない能力だ。

おそらくは電探で守られたアンゴ基地だから、なんとかなったのではないか。

「積み荷はなんだ？」

「軽車両となっております。軽車両が二台」

「なるほど、車両ならこいつで運べるか」

アンゴ基地では食料や燃料などは不足していなかった。巨大燃料タンクのたぐいはなかったが、ドラム缶で分散するほうが、敵襲には安全なのでそうしている。

ブナまではトラック一両が通過できるだけの道路はあるので、必要な補給はそこで受けられる。

それでも不要不急の物資はなかなか送られてこないので、オートバイなどはなかなかまわってこなかった。

それが航空輸送の実験のために車両が送られて来るなら好都合だ。

輸送機の扉は、それ自体が貨物室と地面の間を結ぶ昇降板になっていた。そして貨物室から軽車両が引き出される。

「なんだ、ありゃ！」

吉成大佐も声を上げる。それはオートバイのような車体に履帯が施され、前輪で方向転換するという軽車両だ。豆戦車と言いたいが、オートバイのように操縦者はむき出しだ。装甲はない。

前に操縦者が乗り、後ろの荷台に物を乗せるか、人間二人が座れる程度か。三輪自動貨車のリヤカー部分の車輪を履帯にしたようなものだろうか。その意味では乗り物としての発達過程はわかる。

よくよく見れば、通常の三輪自動貨車よりやや大きいのは、エンジンが強化されているためらしい。

車両の最後尾にはフックが見えたので、牽引機としても使うことを想定しているのか。

「司令官、あれでソプタの電探基地に補給に向かっては？」

主計長の言いたいことはすぐにわかった。

「あいつなら、ジャングルの中を自由に走破してくれそうだな」

ガダルカナル島の航空要塞の建設が完成間近のこの時、陸軍第一七軍と海軍第四艦隊はニューギニア作戦を進めていた。最終目標はポートモレスビー攻略であったが、そのための戦略環境を整えるというものだ。

その目的のため電撃設営隊も五個が新編されていた。第一電撃設営隊はガダルカナル島の航空要塞を建設している。第二電撃設営隊はムンダの航空基地建設を行い、以後、バラレやブインの基地化も予定に入っていた。

第三電撃設営隊と第四電撃設営隊は東部ニューギニアに航空基地と道路建設を進めていた。

建設中なのは、マダン・クンビ間、キアリ・フィンシュハーフェン間、そしてラエ・サラモア間の三つの道路である。

これらの道路は補給と部隊移動を意図したもので、トラックがすれ違える幅四メートルの道路である。重機で樹木を伐採するだけでなく、側溝や暗渠《あんきょ》なども施し、スコールでも道路が泥濘《ぬかるみ》にならないように土壌改良もされた。

これらの道路は最終的には全長五〇〇キロの道路となり、マダンとサラモアを結ぶ幹線道路となるはずだった。これらの道路の背後には航空基地が建設されていたので、ポートモレスビーの航空隊も簡単には攻撃できない。

また、連合国軍の北オーストラリアの基地も、これらの日本軍拠点まで直接攻撃は難しかった。

そして五つ目の第五電撃設営隊はサラモアからさらに南下したブナ地区に航空基地を建設し、戦闘があれば補修していた。

ブナ地区はポートモレスビーから見てニューギニア島の反対に位置する最短距離の日本軍基地であった。

しかし、ポートモレスビーから見れば、こうした日本軍の航空基地は非常に厄介だった。

ラエ、サラモアの飛行場を攻撃しようとすれば、その留守をブナの航空基地に襲撃される。

さらばとてブナを攻撃すれば、ラエ、サラモアの基地から飛行機が飛んでくる。

連合国軍航空隊にしてみれば、ラエ、サラモアの飛行場、さらにその北のマダン方面の航空基地は、攻撃しにくく脅威ではある点で厄介な存在だったのだ。

それでもブナ地区は連日の攻撃にさらされるため、電探が必須の戦場だった。

まず内陸のキルワ河沿いのソプタには電探基地が建設された。緑に塗ったカマボコ兵舎が建てられ、そこに基地関係の装置や機材が収められた。

さらに、ザンボガ河沿いの内陸部にあるドボデュラにも電探基地が建設された。これら二つの基地により、ポートモレスビーからの航空奇襲はほぼなくなった。

さすがにここまでは整った道路建設を電撃設営隊もできていない。ブナ地区は二〇キロ四方ほどあり、面積は広い。しかも、それはジャングルなので移動が容易ではなかった。二つの電探基地が内陸部で川沿いに建設されているのも、河川による補給を意図してのことだ。

これらブナ地区の航空基地には陸海軍両方の航空隊が進出していた。このへんは陸海軍のオートバイ人脈がものを言った。航空隊にはオートバイ所有者が多いからだ。

それはブナ地区の基地運用にも影響していた。じつを言えば、ソプタやドボデュラの電探基地にも陸路はなくもない。どちらの基地も内陸部のアンゴの海軍航空基地までの道路はあった。

道路と言ってもブルドーザーでジャングルの樹木をなぎ倒して、その跡をローラーで塡圧《てんあつ》しただけの簡易道路だ。

測量はして、スコールで流されない高さには作られているが、考慮されているのはその程度だ。

実際の長さは両電探基地からは五キロ程度で、ジャングルという難しさはあるが、距離自体はその程度である。これらの道路は、将来的な本格的な道路建設のための先行投資のようなものだった。

トラックの通行は困難な道路だが、それこそオートバイの出番であった。特に三輪自動貨車や側車付き二輪車などは、人や物を運ぶのにこの道路では重宝した。

アンゴの基地は、海岸からブナまで一車線ながらも直通道路が通っているし、輸送機も運用できるので河川輸送ほどではないが、電探基地にとっては重要な補給拠点でもあった。

アンゴの航空基地は戦闘機と輸送機のみを運用する小さな飛行場で、滑走路も一本しかない。この基地の役割は、ポートモレスビーの航空隊の第一陣の迎撃部隊としてのものだった。

彼らが敵部隊を攻撃し、前進を阻《はば》んでいる間に周辺基地から応援がやってくる。

そうして数の優位を維持しつつ、敵の侵攻を食いとめるのだ。

さらに、この基地には二つの電探局を護衛するという重要な役割がある。この二つの電探局のおかげで早期警戒が可能となり、第五電撃設営隊の基地建設が進むのだ。

ニューギニアという特殊事情もあり、陸軍航空隊の基地の維持管理も彼らが行っているので、その点でもブナ地区の空の安全が確保されるのは重要だ。

そして、この海軍アンゴ航空隊の司令官こそ、吉成大佐だった。

通常、司令官は少将なのであるが、海軍航空隊が増えて少将が払底状態なので法規が改正され、航空隊に関しては小規模な航空隊では大佐の司令官も認められたのであった。

ソプタの電探基地までの五キロの道のりを軽車両は楽々と走破した。一応、樹木の伐採も終わっており、ジャングルの中としては良好な道だ。

それでもオートバイでないと通過が難しい道である。可能な限り高い場所に啓開した道で、スコールの水もたまらないようになっているが、それでも歩行は楽ではない。

その道を履帯式の三輪車とでも言うべき軽車両は前進していく。

じつは同時期にイギリスやその連邦では、ユニバーサルキャリアという履帯式車両が開発され、オーストラリアでも量産が行われていた。戦間期に流行った豆戦車の系譜である。

ソプタに向かっている軽車両も、そうした意味では豆戦車のカテゴリーに含まれるが開発経緯は違う。それは三輪自動貨車の履帯化であって豆戦車ではない。だから軽車両は機銃くらいつけられるとしても装甲もなく、戦闘車両としては使えない。一方で軽量な割には馬力があるので、物資輸送には頼もしい。履帯式のトレーラーも牽引できるので、ジャングルの中でもそこそこの機材を運ぶことができた。

ソプタに向かうのは軽車両二両とトレーラー、それにオートバイが一両だ。

トレーラーの一両には物資が満載され、残りには兵士が六名乗っている。

速度はオートバイほど出ないがトルクはあるので、積載量はトレーラー込みで五〇〇キロ。軽車両二両で一トンの物資を運べる計算だ。

軽車両は難なくソプタの電探基地までやってきた。ソプタの基地は、ときならぬ補給部隊に驚き、感激もしていた。

「豆戦車ですか」

電探基地の人間たちは口々に、二両の軽車両を眺める。主計の下士官もこれが豆戦車ではないとわかっていたが、まぁ、喜んでいる人間を前に水をさすのも無粋なので、豆戦車だと説明する。

物資の補給も無事に終わり、軽車両の一隊はアンゴの飛行場に戻る。

「こいつはなかなか使えそうだ」

補給隊を指揮した主計科下士官は思った。


アンゴの航空基地では好評の軽車両だったが、ブナの第五電撃設営隊では守口《もりぐち》第五電撃設営隊隊長が、受領した軽車両を見る視線には厳しいものがあった。

「悪くはないが、設営隊には向かんな」

それが守口隊長の結論だった。航空基地を維持するには、牽引車にもなって便利だろう。しかし、ゼロから基地を建設する設営隊ではどうか？

それを考えると、この三輪自動貨車を履帯にしただけの軽車両は中途半端に過ぎた。ジャングルを進む走破性はないが、伐採地なら普通の三輪自動貨車でいいからだ。

未整備の道路なら十分に働いてくれるだろうが、それは基地の運営側の問題で、電撃設営隊の仕事ではない。

守口隊長は、海軍施設本部勤務時代には第一電撃設営隊の山田隊長とともに、建設重機の開発・指導などにあたっていた。それだけにこの機械の可能性も欠陥も理解できた。

もっともこの機材はもともとが陸軍用であり、設営隊の機材ではない。その意味では中途半端と言うのも酷《こく》ではあろう。

彼も陸軍との情報交換を行いながら建設重機開発に関わってきたので、陸軍には装甲兵車という履帯式の装甲トラックがあるのは知っていた。

最前線に歩兵などを運ぶのが目的の車両だという。確かにこれが設営隊にあれば重宝だとは思う。

ただ建設機械としては高級すぎる。そこまでの装置はいらないのだ。もっと簡便なものと考えていたが、正直まとまらなかった。ブルドーザーで更地《さらち》を作れば曲がりなりにもトラックで前進できるということもある。

ただ軽車両は、どうやら三輪自動貨車を本当に履帯化しただけで、履帯の駆動系以外は通常の装輪式のものと大差ないらしい。だからそのへんの分解はボルトやナットで簡単にできるようである。

もともと構造の単純な自動車であるから、改良するとしても簡便な構造が心がけられたのだろう。だがそれに気がついた時、守口隊長にひらめいたものがあった。

「もう一台、もってこい！」

ブナ地区の複数の滑走路は電撃第五設営隊が一括管理していた。本来なら建設と維持管理は別の組織なのだが、最前線で複数の基地を建設している関係で、修復を含む（というか、ほとんどの作業がこれだ）基地の維持管理も彼らに委《ゆだ》ねられていた。

だから設営隊の整備部はかなり充実していた。ニューギニアという絶海の孤島ですべて処理しなければならないため、工廠《こうしょう》と言ってよいほどの充実ぶりだ。消耗品のいくつかは、自前の工作機械で削り出してしまえるほどだ。

守口隊長は二両の軽車両を解体し、別に鉄材の溶接で作り上げたシャーシにそれぞれを組み上げ、一つの履帯車両とした。つまり、左右それぞれに独立したエンジンが付いていて、左右それぞれの履帯を駆動する。

操縦は左右に二本のレバーがあり、それぞれがクラッチの切り替えとスロットルの調整を行う。

それで、六人程度の人間や物を載せられる履帯車両が完成した。さすがにシャーシと駆動系だけでは使えないので、操縦席と荷台全体を幌《ほろ》で覆《おお》えるようにした。

全体の大きさは大きめの豆戦車ほどに収まった。車体の割にエンジンが二基付いているので、馬力は大きく履帯面積は増えているので、接地圧は小さい。

試験的に近くのジャングルを走らせると、なかなか快適に走りまわれたが、チェーン駆動という問題があり、チェーンが草を噛んだり、負荷が大きいとチェーンが外れたり切れたりした。

シャフトドライブにすべきだろうが、守口もそこまで大規模な改造を施すつもりはなく、チェーンに覆いをかけて問題はしのいだ。

守口としては会心の改造である。なので、海軍中央にこの車両の利点を申し添える。設営隊機材として望ましいと。後に小型装軌車と呼ばれる車両は、ここから誕生した。

小型装軌車はチェーンを改良されるなどしたが、最後までチェーン式で運用された。一番の理由は構造を簡単にして量産しやすくしたことと、最前線で修理しやすいようにだ。

当初は、シャフトドライブに改良しようという意見が大半で、そういうタイプも少量だが作られる。

しかし、すぐにチェーン式のみに絞られ、陸軍でも量産されるようになった。

この小型装軌車の構造的な弱点はチェーン駆動であり、故障の大半もここだった。だが機械に過負荷がかかっても、エンジンやクラッチが壊れるより先にチェーンが切れたり外れたりすることで、重要部品が壊れることは逆に減っていた。

エンジンやクラッチの修理は大事だが、チェーンの修理は容易い。だから故障は増えても稼働率は維持できた。これは前線では重要なことである。

それにチェーンが切れたら、慣れた人間なら過負荷が問題と考えるので、荷物を降ろすかなにかして負荷を減らそうとした。貴重な輸送力を無理して壊してしまえば元も子もない。

特にニューギニアをはじめとする島嶼戦では馬はいないので、小型装軌車が使えなければいきなり人力輸送となる。まさに天国と地獄だ。

もっともそれはこの後の話であり、この時はチェーンしかなかったのである。

守口隊長が、なぜこんな小型装軌車をわざわざ作り上げたかといえば、ブナ地区の航空基地と航空基地を結ぶ道路網整備を進めていたためだ。現時点ではブナ地区の飛行場は、海岸線のブナとアンダイアデアに二つ、内陸のアンゴに一つである。

そしていま現在は、電探基地のあるソプタとドボデュラに滑走路が建設中だ。これら五つの航空基地群で、ポートモレスビーに近いブナ地区の航空戦力は著《いちじる》しく強化されよう。

これらの基地はかろうじて道路は通じているが、補給は河川が中心であり、まだまだ改善の余地がある。だから軍用道路を整備せねばならず、そのための機械力として、小型装軌車が最適なのだ。なんでもかんでもブルドーザーでとはいかぬ。

使い勝手を知りたいと送られてき新配備の機材を、それが制式化されていないとはいえ、送られてきた三両のうち、すでに二両を解体して組み直してしまった。

いくらなんでも三両すべてを解体はできない。送られてきたからには、運用試験を行う義務が自分たちにもある。

アンゴの飛行場には大型輸送機の運用試験のために、手頃な積み荷として軽車両が二両送られたらしい。しかし、それを下さいというのも筋違いだし、あれは飛行場でこそ真価を発揮するだろう。

ただ小型装軌車は一両だけでは本来の能力は発揮できない。というか、自動車全般そうである。数を揃えてこそ、つまり組織的な運用が可能になってこそ、機械の能力が発揮できる。

だから小型装軌車は少なくとも二両はほしい。守口隊長は思案していたが、ふと気がついた。軽車両が三輪自動貨車を改良しただけならば、三輪自動貨車を解体しても同じものが作れるのではないか？

履帯という問題はあるにはあるが、これもやり方次第だ。というのも、トラクターで牽引する装軌式の履帯トレーラーがある。あれを利用すればいいだろう。

じつは守口隊長は、軽車両の履帯が履帯式トレーラーの履帯と同じものであることには気がついていた。既存品が流用できれば、それに越したことはないからだ。

さすがにトレーラーとまったく同じとはいかず、バネ式のサスペンションを加えるなどの手間は必要だったが、それでも整備工場で数日でその改造は終了した。最適な工作かというと、問題は多々ある。デザイン的にも洗練されていない。しかし、能力は十分だ。

じっさいこの二両を用いた道路工事と、そうでない工事の差は大きかった。

小型装軌車の積載量は三五〇キロが定格（ではあるが、現場では五〇〇キロ近くまで載せられる）だが、トラックなら走行が難しい難所も走破し、土壌改良のための砂利などを運んでくれた。

積載量だけ言えばトラックは一トン以上運べるが、地盤が柔らかいと積載量を大幅に減らすか、苦心惨憺《さんたん》して一トン運ぶかということになる。

だから、単位時間あたりの輸送量は小型装軌車に明らかに軍配が上がった。

このことが確認できた段階で、守口隊長は道路建設のシフトを変えたりした。土壌改良が終わればトラックでも現場まで砂利などを積載して輸送できるので、工事がある程度進んだら、そこはトラックに委ね、小型装軌車は進捗が遅れている現場にまわされた。

小型装軌車の噂はラバウルを介して、他の電撃設営隊にも広がった。そしてニューギニアには飛行艇に乗って、かつての守口の上司であった山田設営隊長がやってきた。

「昔見た陸軍の豆戦車に似ているな」

それが山田の第一印象だった。

彼の言う豆戦車とは、日本陸軍が研究用にビッカース社から輸入したカーデンロイドのことである。世界的な軍縮機運のなかで、軍の機械化と予算縮小という二つの課題に各国陸軍は直面したが、この難問を解決したのが、カーデンロイドに代表される豆戦車という装軌車両だ。

履帯を施し、装甲を有する点では戦車に等しいが、武装は機銃一丁。戦車としては非力だが、将来のために戦車部隊を編成するには手頃だった。

また、対戦車砲なども あまり普及していない戦間期には、戦場さえ間違えなければ、豆戦車は十分戦力になり得た。

確かに守口が製作した小型装軌車は豆戦車に似ていたが、もちろん豆戦車ではない。装甲もないし、武装もない。小型の自動貨車といったところだ。

やれば装甲と機関銃をつけて豆戦車的にも使えなくはないだろうが、それなら最初から豆戦車でいいのである。この車両の利点は、小型の装軌式自動貨車という点にある。

安価で数を揃えやすく、初期の建築土木には向いている。豆戦車よりも大きいから、兵員を輸送したり、物資を運ぶには好都合かもしれない。

「エンジンは一つにするほうがいいんじゃないか」

山田は技術者として指摘する。

「そこは難しいところだと思います。可能な限り三輪自動貨車のエンジンで動かしたいんで」

「なぜだ」

「一つは手頃なエンジンがありません。陸軍が使っている装甲兵員輸送車みたいな高級なものを求めてはいません。現場で修理可能なものでなければ。オートバイの部品で応急修理可能くらいの構造であるべきです」

「それだけか」

「もう一つは、エンジン二つだと荷台の配置が自由になります。自動車式にエンジン一つだと、一番いい場所をエンジンに明け渡すことになります。なにしろ小型ですからね。レイアウトをあれこれ工夫すると、構造が複雑になる」

山田は守口の作った小型装軌車の華奢な構造が気になったが、話を聞いてだんだんと納得した。守口は自動車の性能という観点でものを見ているのではない。ジャングルで稼働率を維持するという観点で見ているのだ。

そして、彼の小型装軌車は自動車としては確かに安っぽいかもしれないし、速度もそれほど出ないかもしれないが、現場でも修理できるし、なによりジャングルの中を自動車で移動できるという機動力は圧倒的である。

それは時速一〇キロ程度かもしれない。しかし、ときに一時間にメートル単位でしか移動できないジャングルでは、それは驚異的な速度と言える。

守口の話を色々と聞いた山田は、さすがに海軍施設本部に機械化導入を働きかけた人だけに、勘どころを把握するのも早かった。

「どうも、装軌式の操縦が問題になるように思う。それぞれのエンジンを微調整してレバーで方向転換を行うより、ハンドルで方向転換をすべきじゃないか」

「ハンドルで、ですか」

「昨今のオートバイ用のエンジンや三輪自動貨車のエンジンは機械で量産するから、昔のようにばらつきも少ない。最初にエンジンの回転数あたりを調整して、二つとも同じ定格で動くと解釈する。

それでもエンジンの癖は出るだろうが、それはハンドルで補う。そうすると駆動系はかなり単純化できるだろう。おおむね三輪自動貨車式ですむ」

「そうすると、半装軌式（ハーフトラック）にすると」

それは守口には思いつけない発想だった。確かにハンドルを使えば方向転換は単純だ。クラッチの切り替えはワイヤーを使えば左右同時にできる。そう難しい話じゃない。

「しかし、なぜ半装軌式にするんですか」

そう尋ねる守口に山田は明快な返答を寄こした。

「一つは、完全装軌式だと操縦員の訓練が難しい。ブルドーザーの操縦員だって余裕はないし、まさかこのためだけに戦車兵を呼ぶわけにもいくまい。ハンドル操縦の半装軌式なら、自動車が運転できれば操縦できるだろう」

「なるほど」

守口は運用を考えて、あえて三輪自動貨車二両で小型装軌車一両を作るようなことを考えていたが、山田もまた操縦という観点で運用を考えていたのだ。

「もう一つは、ジャングルを走破するような用途であれば、小まわりが利くほうがいい。それにチェーン駆動だから、あまり負荷もかけられん。

完全装軌式だと、荷台と操縦席すべてを履帯の上に置く必要があるから、全長が長くなる。守口隊長が作ったこれはかなり小型だが、それでも半装軌式にすれば、履帯部分はもっと縮小できる。

荷台を履帯の上にして、操縦席はタイヤの上にすれば、履帯部分の構造はもっと簡略化できるだろう」

「なるほど。いや、半装軌式の利点までは存じませんでした」

「いや、自分も陸軍自動車学校関係者からの受け売りだ。彼らは満州で色々と車両を実験してきたそうだ。そうして総合的に判断して、軍用車には半装軌式が一番という結論になったそうだ。

ただ半装軌式も普通のトラックよりは構造が複雑だ。だからなかなか量産とはいかないらしい。戦車部隊には配備されているらしいがな。

しかし、我々が現場で使うなら、小型半装軌車のようなものが最善ではないかな」

こうして二人は、中央に提案すべき小型半装軌車両の技術的詳細について語り合った。

第5章　第二戦隊

1

　海軍第四艦隊司令長官は高須四郎中将であったが、その第四艦隊に所属する第二戦隊の戦艦伊勢と日向は、ミッドウェー海戦後の艦隊の再編により第四艦隊傘下にあった。第二戦隊司令官は高須中将の兼任である。

　第四艦隊そのものは、ここが海軍の有力陸上基地隊であることもあって、ラバウルに置かれていたが、戦艦伊勢の通信能力は改善され、旗艦機能も充実していた。第四艦隊に関していえば、陸でも海でも指揮が執れる態勢にあった。

　戦艦二隻を指揮する立場とはいえ、彼は生粋《きっすい》の大砲屋ではない。むしろ組織管理者として有能であり、いまさらではあるが、こうした戦争には反対の立場だった。

　とはいえ、不本意とは言え、開戦となってしまったからには海軍軍人としての本分を尽くすのみ。それが彼の考えだ。

彼が海軍内部でも有能と考えられていたのは、第四艦隊司令長官から、第一艦隊司令長官に推薦されたことでもわかる。

彼も最初はそれを栄誉なことと思っていたが、すぐにそれは固辞することになる。自分の後任が井上成美中将で、要するにその人事が「うるさい」井上を中央から追い出す目的であったためだ。

そうしたやり方は高須のもっとも嫌うところで、高須は「第四艦隊司令長官にとどまる！」と運動し、結果として井上は連合航空艦隊司令長官の職にある。

それが原因かどうかは知らないが、有力戦艦のない第四艦隊に戦艦伊勢と日向が編入された。もともとそれは高須司令長官が要求していたものではあった。

柱島《はしらじま》で有力戦艦が何もせずに停泊するくらいなら、最前線で戦うべきというのが高須の考えだ。だいたい対米六割とか対米七割とか平時の軍縮条約で対米戦備について青筋立てて何パーセントレベルの攻防を繰り返しておきながら、いざ戦争になったら戦艦は髀肉《ひにく》の嘆《たん》をかこっているなど本末転倒だ。

撃沈されても構わないから戦場で戦力化すべき。それが高須の考えだ。そうして伊勢と日向が第四艦隊に編入されたのである。

よもや認められないだろうと思っていたが、井上らのおかげか、ミッドウェー海戦の敗北が効いているのか、これらが遊ぶことはなくなった。

高須が井上の助力を（もっとも、井上自身は認めはしないのだが）感じるのは、伊勢・日向の改修が連合航空艦隊司令部名で出されていたためだ。

陸上部隊との連絡用として「いせ」「ひゅうが」と記された陸王が艦載自動二輪として載せられたのはご愛嬌《あいきょう》として、両戦艦には電探が搭載され、さらにどちらも一基だけだがマウザー社の四連装二〇ミリ機銃が対空火器として搭載されていた。

これはもともと陸軍が中国戦線で、国民党軍から手に入れたものだ。いまでこそドイツは日本と同盟国だが、再軍備を始めた頃にはドイツの関心は日本より中国にあり、日本と対立しても中国に肩入れする場面も多かった。

ナチスドイツの再軍備にはタングステンなど中国の資源が不可欠との判断からだ。それに中国でのイギリスのプレゼンスを低下させることは、戦略的にヨーロッパでのパワーバランスをドイツ側に有利にするという判断もあった。

さらに、とりあえずドイツはイギリスと戦争はしていないが、日中間は事変という名前の戦争をしている。最新兵器を中国に持ち込めば、新兵器の実戦テストができる。

ドイツの対空機関砲もそうした新兵器の一つであり、槍としての空軍拡充を試みるドイツは、盾《たて》としての対空火器にも熱心だった。

それが大量に中国に送られ、日本軍が大量に鹵《ろ》獲《かく》し、試験すると驚くべき高性能なので国産化を決定し、マウザー社にライセンス生産を打診。

小型車やオートバイなどで、機械工業の水準を向上させた日本なら、遜色のない対空火器を製造できるとの見積もりもあった。昔と違って金属材料も組成や物性的な性能も規格化されているので、対応可能と思われたのだ。

それでもマウザー社は難色を示したが、国際情勢は変転する。独ソ不可侵条約を考えていたヒトラー政権は、ソ連に対して自分たちとの講和が必要であることを示すため、マウザー社に通常より日本に有利な条件でライセンス生産を認めるように命じた。

日本がドイツ製の高性能兵器で軍事力を高めるなら、それはソ連にとっての脅威となり、二正面作戦を避けるためにもドイツとの和平が必要という判断だ。

じっさい同時期に起きたノモンハン事件は総じて日本軍の敗北であったものの、たった一門のマウザーの四連対空機関砲による徹甲弾攻撃で、五〇両の装甲車や軽戦車が撃破されるという事例も起きていた。

そうして国産化が始まっていたが、陸軍の兵器であり、海軍も協力することで艦艇用の対空火器としての採用が決まったが、配備数は少なく、陸軍が鹵獲したドイツ製が海軍に流れてくるという事情があった。伊勢と日向に追加されたのはそれだ。

そのほか、艦載機を零観四機に増加し、ある程度の対空自衛能力も持たせてあった。ここでは零観はむしろ水上戦闘機的な働きが期待されていた。

こうした第二戦隊の伊勢・日向を手に入れた高須中将は、ラバウルでこの二隻を遊ばせるつもりはなかった。彼はまずポートモレスビー攻略を計画していた。

珊瑚海海戦では延期を余儀なくされていたが、あくまでも延期であって中止ではない。陸軍部隊が陸路進撃という話もあったが、それは海軍側として中止すべきと申し入れていた。峻厳な山脈を走破するというのは無謀すぎる。

それよりもブナ地区などの航空戦力を充実させ、ポートモレスビーを消耗させた上で、一気に上陸して潰すのが上策と彼は考えていた。

すでにラバウルだけでなく、ガダルカナル島からも陸攻隊がポートモレスビーへの爆撃を開始していた。その規模はまだ飛行場が完全に完成していないために小さなものではあったが、重要なのは一四〇〇キロ離れたこの航空基地をポートモレスレスビー側からは攻撃できないことである。

B17などなら攻撃できなくもないが、爆弾搭載量はかなり限られる。さらにムンダとブインの飛行場が完成すると、前者とポートモレスビーの距離は一一二〇キロ、後者は九七〇キロほどで、攻撃はますます容易になる。

いかなポートモレスビーでも東部ニューギニアだけでなく、こうしたソロモン方面からの爆撃の波状攻撃を受けたとすれば、降伏以外の選択肢はないだろう。

当初、高須司令長官はソロモン海域の航空基地が完成した段階で、それらの航空基地の航空支援を受けながら第二戦隊を進出させ、ポートモレスビーを戦艦により砲撃し、そこを陥落させることを考えていた。

ブナ地区の航空基地を鉄壁にするのも、上陸部隊を乗せた輸送船団をそこに集結させ、これらのエアカバーの中で前進させるためである。

ミッドウェー海戦の敗北以降、高須の作戦構想は、珊瑚海海戦のような空母戦ではなく、陸上基地による航空支援を前提としたものとなっていた。

しかし、いま彼は作戦の一部前倒しを必要としていた。ブナ地区の第五電撃設営隊が小型半装軌車という機材の試験を行っているなかで、ラビ方面に敵軍の活動を発見。偵察機を出したところ、ラビで航空基地建設が行われているという。

小型半装軌車による地上からの接近で初めてわかった基地建設（機材の試験には設営隊の人間がいたことも、敵の意図を掌握する上で大きなプラスになった）であった。

偵察機では敵の飛行場建設の様子ははっきりとは把握できなかったものの、再度の陸上調査では、かなり確信を持つことができた。

ちなみに、この偵察部隊は陸海軍合同のもので、制空権を確保した上で、駆逐艦により海上機動を行い、それにより偵察部隊を出した。この部隊はオートバイや軽車両を持参し、ジャングル内での機動力確保を図っていた。

偵察でわかったのは、連合国軍はまだミルン湾には進出していないということだった。もっともミルン湾は日本軍も進出していないから、早いもの勝ちという側面はある。

連合国軍にとっては、ラビの航空基地の安全と、日本軍への反撃拠点としてミルン湾の確保は重要だ。ここは重要な兵站《へいたん》基地になり得る。

一方、ラビを撃破し、ポートモレスビーをうかがおうという日本軍にとってもミルン湾の確保は重要だ。航空基地からの爆撃ばかりではポートモレスビーの陥落は難しい。どうしても地上兵力による占領が不可欠になる。

その場合、船団を集結させたり、あるいは占領後の補給拠点としてもミルン湾は重要だ。

高須司令長官は、二等駆逐艦一隻をミルン湾に派遣し、敵の動向調査と湾の測量などをさせていた。

設営隊の一部を派遣して基地を建設することも可能ではあるが、それによりかえって敵を刺激するのでは面白くない。

彼としては、電撃設営隊で短期間に基地化を進めたいと思っていた。基地の完成は敵の攻略をそれだけ難しくするからだ。

すぐにガダルカナル島の山田隊長がラバウルに呼ばれた。高須司令官の意図としては、第一電撃設営隊にミルン湾攻略を委《ゆだ》ねたいというのがあった。

だが、ガダルカナル島の基地もほぼ完成したとはいえ、完全ではない。それをどうするか？

「ミルン湾の基地設営を行えるのは我々だけでしょう」

山田はそのことを認める。

「ですが、ガダルカナル島の基地建設もないがしろにできません。ですからガダルカナル島にも設営隊が必要です。言うまでもないことですが、第一電撃設営隊を半分に割るというのは愚策であります」

高須は内心動揺した。まさにそういうことを考えていたためだ。だが、そういう可能性を山田も考えていたのだろう。彼は対案を用意していた。

「自分は海軍施設本部の仕事も続けています。それで、じつは電撃設営隊に甲編制と乙編制を作る案が進んでいます。

甲編制は現在の電撃設営隊そのもの。乙編制は完成した基地などを維持管理する部隊です。乙編制は甲編制の半分以下の規模と機材で動かします。

甲編制は編成順の番号、乙編制も編成順ですが一〇一番から始まります。すでに日本では四隊が錬成中です。その一〇一番を優先的にガダルカナルに配属してもらえるなら、我々はニューギニアに移動できます」

「乙編制部隊か」

ようするに、球は再び高須に戻ってきたということだ。山田は提案はできるが、海軍組織を動かす権限はない。

それを言えば艦隊司令長官とて、中央官衙《かんが》に対して人事権を振るうことはできないが、それでも中将の職となれば発言権はまるで違う。

軍令部や海軍省に艦隊司令長官が要求するならば、少なくともそれなりに検討されるはずである。

高須が驚いたことに、海軍第一〇一設営隊はすでに日本を出ていた。今はトラック島におり、連合艦隊直率部隊として野戦築城にあたっているという。

それは完熟訓練と、ソロモン諸島やニューギニア方面での戦局を見ての予備兵力としてであった。

このへんは連合艦隊司令部と山田隊長らとの認識のずれがあった。山田隊長は甲乙編制を明確な任務の違いと認識していた。

しかし連合艦隊司令部は、乙編制を甲編制部隊の支援戦力と考えていたらしい。だからその運用は戦力不足の補塡《ほてん》という認識だった。常設航空隊に対する特設航空隊のような認識なのだ。

しかし、連合艦隊司令部の認識はどうであれ、乙編制部隊は存在する。高須司令長官は、井上司令長官の側面からの支援を受けつつ、乙編制の第一〇一設営隊をガダルカナル島に移動するのと入れ替わりに、第一電撃設営隊をミルン湾方面に移動させる。

これに伴いいくつもの部隊が移動した。

まずガダルカナル島から高速艇二隻により、第一電撃設営隊の人員がラバウルに移動し、新機材を受領した後、ミルン湾に先遣隊として上陸する。

これと歩調を合わせるように、すでにニューギニアに進出していた第四五五航空隊がミルン湾に移動した。

四五五空はその出自《しゅつじ》をたどると、横浜航空隊にさかのぼる。母隊となる水上機部隊はツラギなどに展開し、航空偵察を主任務としていた。

だがミッドウェー海戦の敗北後、島嶼戦《とうしょせん》を重視するなかで、水上戦闘機による邀《よう》撃《げき》戦力が重視された。島嶼での基地設営まで敵襲から基地を守る航空戦力が必要だからである。

ただ、水上戦闘機だけはすでに海軍は持っていた。それはオートバイ倶楽部やオートバイ同好会人脈により、日華事変での海軍航空隊について、陸軍側から水上戦闘機という案がサゼッションされたためだ。

これは時代的に複葉戦闘機がまだ一部では現役だったことも幸いした。つまり、九六式艦上戦闘機などをフロート付きにしても、複葉戦闘機と比較してそれほど性能低下が見られなかった。

そこで九六式艦上戦闘機の派生として、日華事変の陸攻護衛のために、それらは用いられた。攻撃目標たる大都市は大河に面しているため、護衛の戦闘機にとっても都合がよかったのだ。

海軍は水上戦闘機を運用するため優秀商船を河川用水上機母艦に改造し、運用することも行った。

陸攻一機が撃墜されれば、錬成した将兵が一〇人近く失われるのであるから、それを考えれば、この程度の手間は問題ではない。

日華事変での海軍側の派兵は太平洋戦争開戦後に大幅に縮小されたが、水上戦闘機も母艦も残っていた。

河川用水上機母艦といっても特別な船ではなく、貨物船であり、太平洋も航行できた。だからそれらを活用すればいい。

それらは開戦後、訓練に用いられていた。ミッドウェー海戦後はトラック島に置かれていたが、ガダルカナル島が攻撃されるに至ってラバウルに進出した。

しかし、とりあえずガダルカナル島は自力で防衛できる水準まで基地が完成していたので、建設中のブインなどに展開していたが、今回のミルン湾の攻略に合わせ、電撃設営隊とともに進出したのだ。

水上戦闘機は九六式艦戦の改造だったが、四五五空での運用までには小規模な改造がいくつか加えられていた。

一つは武装を零戦と同じ二〇ミリ機銃と七・七ミリ機銃の構成にしたことだ。じつは九六式艦戦も二〇ミリ機銃搭載を試したこともあったが、ヨーイングの問題で実験そのものが中断されていた。

しかし、エンジンの増強とフロートによる重量増加もあり、ヨーイングの問題はほぼ無視できるようになっていた。むしろ迎撃戦闘機としては火力重視と上昇力向上が望ましい。

これ以外には照準器の改善がある。それは零戦の成功によるところが大きかった。

水上機母艦にも工夫があった。

じつは水上機母艦は三隻あった。三〇〇〇トンクラスのが、いわゆる水上機を発艦して回収する母艦。残り二隻は一〇〇〇トンクラスで、水上機は運用できないが、強力な対空火器で母艦を守る防空艦だ。

組織編成上は、この三隻で母艦一隻として扱われる。それは当時の水上戦闘機隊の指揮官が強く主張したためだ。三隻を一隻扱いにしろというのは無茶な言い分だが、指揮官には指揮官の考えがある。

この防空艦は、投入初陣の陸軍との共同作戦で援蔣物資を満載した貨物船を差し押さえた時に、戦利品を山分けしていた。そこで彼らはドイツ製の三七ミリ機関砲や二〇ミリ四連対空機銃を入手し、員数外の経理処理をして、そのまま搭載していた。

それまでは防空艦と言いながらも二五ミリ連装機銃と七・七ミリ機銃だけだから、戦闘力増大は著《いちじる》しい。

おかげで以後の戦闘では水上戦闘機隊は母艦を守りきれたわけだが、ほかの部隊にしてみれば、防空艦は色々と便利だ。しかし、水上戦闘機隊の指揮官としては防空艦を手放せない。

なので三隻で一隻と同じという奇策を用いて、防空艦だけ貸し出すような真似を阻止してきたのである。

指揮官はその後の定期異動で二回代わったが、防空艦と母艦は不可分という原則はいまも踏襲されていた。

ちなみに弾薬だけは心配だったが、二〇ミリは国産化されることが決まっており、三七ミリの弾薬備蓄がなくなれば、火砲自体が換装される予定であった。

そして水上機母艦のさらなる切り札は、この船が電探を搭載していることにあった。これは冷静に考えれば当然で、領域の防空戦闘を行うなら、電探による早期警戒はあって当たり前ではなく、なくてはならないものだ。

基地の防衛とは、相手にとって自分たちは既知なのだから、闇夜に提灯《ちょうちん》もへったくれもなく、それよりも電探により奇襲を受けないことこそ重要なのだ。

電撃設営隊が最初に行ったのは土壌の調査であり、基地設定のための測量だった。航空偵察で、どこに何を建設すべきかはわかっていた。しかし、写真では地面の凹凸の予測はたっても土壌まではわからない。

生えている樹木である程度の予測は立つが、最終的には人間が確認することになる。

「おおむね予測通りです。指揮所建設に問題はなさそうです」

測量班の報告を受けたのは、山田の副官である水島技術少佐であった。山田は第一〇一設営隊との引き継ぎがあるので、それが終わるまではミルン湾に来られない。それまでは水島が指揮官だ。

それは山田の教育的な配慮でもあった。というのも現在、電撃設営隊はさらに第一〇電撃設営隊までの編成が進められており、そのうちの一つについて、水島に内示があったためだ。

それは山田も知っていて（というか、指揮官に水島をと推薦してくれたのが彼らしい）、彼に可能な限り部隊指揮の場面を与えているのだ。ゼロからの施設立ち上げは、少なくない経験を水島に与えるとの期待だろう。

それがわかっているだけに水島もまた、この仕事に対する真剣味が違っていた。

「ブルドーザーの上陸に問題はないな」

「この程度の勾配でしたら問題ありません」

「よし。ご苦労だが、すぐ作業にかかってくれ。それと主計長!」

水島は主計長を呼ぶ。

「特配の準備にかかってくれ。暑いからな、サイダーとかアイスクリームがいいだろう。できるか」

「いますぐは無理です。どっちの機械も梱包を解いて発電機の準備が必要です。高速艇の厨房で可能なものか、ビスケットでも配るかですね」

水島は最前線で作業する部下たちに、特配によって士気を高めようと考えたが、そんな思いつきさえ具体化するとなると、しかるべき準備が必要なことを改めて感じさせられた。

それと同時に、山田隊長の能力を実感する。ガダルカナル島上陸を遂げた時、彼がアイスクリームとサイダーの特配を行ったからだ。

あの時は、高速艇の厨房と倉庫に機材が置かれていた。だから迅速にできたわけだ。

自分もあれを見ていたわけだが、いざ自分が当事者になるまで、なぜそうしていたのかわからなかった。それなのに誰に教えられるでもなくそれに気がついた彼は、やはり自分と格が違う。そう思ってしまうのだ。

それでも主計長の指示のもとで烹炊員《ほうすいいん》たちはよくやってくれた。結局、手持ちの羊羹か何かを切って特配にあててくれた。

自分の段取りの悪さを現場の部下が臨機応変に乗り切ってくれた形だ。

そのことで部下にも感謝するとともに、己《おのれ》の至らなさを思い知る。ただそんな感傷にばかり浸っている余裕はない。水上戦闘機母艦は電探搭載だが、ポートモレスビーは山の向こう側だ。海上からの電探運用では分が悪い。

だから、まず見晴らしの良い場所に車載用電探を設置しなければならぬ。トラックに積める大きさの移動局を持参しているが、高台には道路もなく、トラックでは登れない。

ただ航空写真で最適なルートは設定できた。そこを海岸からブルドーザーで現場まで樹木を蹂躙《じゅうりん》しながら更地《さらち》を作る。そのあとでトラクターに牽引されてトラックが移動することとなっていた。

ともかく電探を展開し、敵襲に備える必要がある。ラビには敵がいるのだ。

その間には水上戦闘機が母艦から降ろされ、同時に展開されたブイに係留されている。海岸にしかるべき施設ができるまでは、ブイでの運用となるだろう。

すべてはミルン湾の基地化のためだ。それでも車載装置による電探基地の設定には三日かかった。彼らはミルン湾の南岸から高台を目指した。

理想を言えば山頂に作りたいが、さすがにそれは今日明日では無理である。ミルン湾南岸の高台はポートモレスビー方面に開けているので、ここに設置すれば十分防空の役に立つ。

ただ、それでも傾斜地を伐採し、トラックを引き上げるというのはなかなか難しい作業だった。

敵襲もなくその期間を乗り切ることができたのは、ある意味で幸運と言えよう。

ミルン湾には危険分散のため、南岸と北岸にそれぞれ拠点が設けられた。

中心となるのは北岸側である。ミルン湾全体は山脈が海まで迫っている形だが、北岸には平坦な海岸があり、そこに拠点が建設できる。

それは航空写真で見るとわずかな領域に見えるが、ミルン湾全体で奥行きが四〇キロはあり、わずかに見える領域でも都市一つをまかなえる面積はある。

伐採と整地と転圧を行い、区画を切って捨てコンを施し、その上にカマボコ兵舎を建設する。初日こそ作業員は水上戦闘機隊の船（高速艇はすでにラバウルに戻っている）に間借りしたが、その翌日にはコンクリートも乾き、カマボコ兵舎に宿泊できる人間も増えてきた。

滑走路を建造するのではなく、補給拠点の建設だけに考えるべきことは多かった。桟橋《さんばし》の建設もそうであるし、荷揚げ用のクレーンの設置もある。

建設作業を行いながら、水島はミルン湾がニューギニアの基地化を考える上で大きな潜在力を持っていると感じていた。山地の稜線に砲台を置けば、難攻不落の要塞にもできる。

今回の計画では含まれていないが、ミルン湾の西側には飛行場を建設できる土地もある。軍港と滑走路を持つポートモレスビーに匹敵する基地ができるだろう。それは米豪遮断作戦に大きな力となるはずだ。

それでも水島の視点では、基地建設は進んでいるようには見えなかった。計画通りではあるのだが、結局いま行っている作業とは、設営隊を受け入れるための宿舎建設や測量などの作業であり、直接的な基地建設作業はまだほとんど進んでいない。

唯一といえば、高台の電探基地だろうが、それも動いているという程度だ。緊急に必要なので、車載用の小型のものだから、担当者は下の宿舎までオートバイで往復することを強《し》いられていた。

オートバイが現場で好評なのは、日本の法律では小型車は無免許で運転できるという事実がある。だから現場部隊の簡単な講習で運転可能だ。軍用車となるとちゃんとした免許が必要で、人材育成も面倒なのである。

そしてミルン湾には仮設電探局の近くに、より本格的な基地局も建設されていた。この局が完成したら、車載電探を運用している部隊はほかの戦線に移動することになる。

電探基地は仮設局よりも高い場所にあり、高台と言うより低い峰というような場所だ。確かに電探にはそうした立地のほうが向いている。

ただ工事は仮設局より丁寧だ。カマボコ兵舎も用意され、海岸との連絡通路もトラックが走行可能なものが建設されている。さすがに一車線ではあったが。

本格的なトラックの通行ができるまでは、例の履帯付きオートバイの軽車両が物資輸送にあたっていた。

世の中には職人技を発揮する人間がいるもので、あの狭い荷台に大きな波状鉄板をロープでくくりつけ、峰の工事現場まで運んでいた。

トラックなどの過積載は水島も慣れっこになっている。そうしなければ現場がまわらないこともあるからだ。

しかし、軽車両にカマボコ兵舎の材料を積み込むのを見た時は、そのサーカスのような技に感心した。ブルドーザーはずっと下で、整地しながら峰までの道路建設にあたっている。

だから現場までの機材などを運ぶのは、軽車両が頼りとなる。さすがにこれでは運べない機材もあるが、じつは何箇所かにすでにウインチが設置されている。

大昔の鉄道は、駅に設置された蒸気機関でワイヤーを動かして貨車を牽引していたというが、まさにそんなものだ。

ソリのようなものを用意して、それに物を載せてウインチのワイヤーを巻き取る。ウインチのあるところまで上がってきたら、今度はさらに上のウインチのワイヤーに付け替える。

それを繰り返して峰まで運び上げるのだ。言うまでもなく、ウインチは軽車両で運び上げた。それだけでも機械力の恩恵は大きかった。これを人力で運び上げることを考えれば気が遠くなる。

もっともこれもやっと完成したばかりで、電探局の工事は始まったばかりだ。ブルドーザーまでは持ち上げられないので、峰の作業はやはり軽車両で進められた。非力な機械ではあるが、エンジンもあるし、人力よりずっと進む。ともかくいまはそれで整地を進めるよりない。

そんな時、突然信号弾があがった。赤い色、それは敵機接近の印だ。仮設の電探局が敵機を発見した。信号弾はその合図だ。

野戦電話の架設が行われていればいいのだが、まだそこまで手がまわっていなかった。紺屋《こうや》の白袴《しろばかま》と言うか、電探基地には皮肉なことに無線機がないのだ。

しかし、信号は的確に水上戦闘機母艦に伝わっていた。ミルン湾の穏やかな海面を次々と水上戦闘機が飛び立っていく。

この時、出撃したのは八機の戦闘機だった。それが全戦力であったが、無視できる戦力ではない。仮設電探局の問題は、信号弾しか通信手段がないために、何がどれくらいやってきたという連絡ができないことだった。

むろんバイクで降りていくとか、方法はなくもないが、一刻一秒を争う航空戦ではそんな悠長なことは言っていられない。

それにミルン湾に何か飛んでくるとしたらポートモレスビー以外からは考えられ

ない。

　だから彼らは迷うことなく、ポートモレスビー方面へと向かった。だがここで、彼らは電探局と通信ができなかったことが予想外に高くついたことを知る。

「あれは飛行艇か！」

　ポートモレスビーから飛び立った飛行艇は、ミルン湾などには向かっておらず、オーストラリアからラビに向かった飛行機の捜索にあたっていたのだ。

ようするに、救命のための飛行だ。それは電探のデータを分析すればわかることだし、電探員たちもそうかもしれないと思ってはいた。

　それでも接近するのは事実であり、報告しないわけにはいかない。そうして報告したら、その飛行艇だったのだ。

　むろん水上戦闘機隊にはそんなことはわからない。飛行艇なので、自分たちを偵察に来たくらいに考えた。

　だから飛行艇を攻撃した。水上戦闘機といえども火力を強化した戦闘機であり、実際のところ二機の戦闘機の攻撃で飛行艇は撃墜された。

　だがこの迎撃は、日本軍にとっては予想以上の影響を与えるに至ったのだった。

2

「状況から判断して、日本軍はラビの基地建設に気がついていると思われます」

レイトン情報参謀の発言にスミス参謀長は渋い表情を崩さない。ニューギニア方面はゴームリー中将の管轄ではあるが、その防衛に関しては太平洋艦隊も無関係ではないからだ。

ラビの航空基地そのものはオーストラリア軍の管轄ではあるのだが、米陸軍航空隊と米海兵隊航空隊が進出することが決まっている。

だからラビの航空基地が戦場となることは、各方面に影響が出るのである。

「ラビの基地建設に気がついてるという根拠は？」

ニミッツ司令長官もラビの航空基地の重要性と各方面への影響を熟知していた。

それだけに慎重だった。

「カタリナ飛行艇の通信によれば、敵は八機の編隊ですべて水上機だったと報告しています。機種は判然としませんが、戦闘機を水上機化したものと解釈するのがもっとも合理的でしょう。

単なる水偵なら八機も迎撃に出るとは思えませんし、カタリナとはいえ、簡単には撃墜できないはずです。

注意すべき点は二点あります。一つは、知られている日本軍のレーダーの性能からして、そもそも飛行艇は発見されないはずの航路を飛行していた」

「日本軍のレーダーの性能が向上したというのか」

参謀長の質問にレイトンは首を振る。

「それはありません。仮にレーダーの性能が向上したとしたら、日本軍陣地には向かっていないのですから迎撃されるはずがない。また迎撃される時間が遅すぎる。

ただし、ここまでの話はブナ地区のレーダーを前提とした場合です。従来型のレーダーを日本軍が活用しているとして、そのレーダーがミルン湾付近に進出していたならば、時間的経緯はすべて辻褄が合います。

そもそもブナ地区からなら水上戦闘機である必要はない。陸上機で迎撃できるはずなのです」

「ミルン湾には滑走路がないから水上戦闘機というわけか」

ニミッツはその話に納得した。

「この時期にミルン湾に敵軍が進出したというのは、ラビの航空基地建設を視野に入れたものとしか考えられません」

　しかし、参謀長は情報参謀の意見に異を唱える。

「ラビを意識するのなら、ミルン湾に進出せずとも、ブナから爆撃機を飛ばせばいいではないか」

「参謀長は、爆撃されたらラビから手を引きますか」

「なんだと！」

　スミス参謀長はレイトン情報参謀に気色《けしき》ばむが、すぐにその意味を理解して表情を戻す。ただし、渋い表情に。

「おわかりいただけたようですね、参謀長。そうです、爆撃だけでは決着はつかない。

　爆撃で工事を遅らせたとしても、阻止はできない。ラビの飛行場の脅威を取り除くには、占領しかありません。兵を上陸させ、土地を占領する。そのためには上陸部隊が密かに集結する場所が必要です」

「それがミルン湾か」

　レイトン情報参謀の仮説が正しいとした場合、それは連合国軍にとって深刻な脅威となる。

なぜならラビの飛行場はもうじき完成し、部隊の進出が秒読みに入っているからだ。

それを占領されてしまえば、ポートモレスビーへの脅威は飛躍的に高まるだろう。そもそもポートモレスビーを守るために航空基地の縦深を深めるというのが、ラビの基地なのだから、それを日本軍に奪われるのは深刻な問題となる。

「しかし、いまのポートモレスビーにミルン湾とラビ防衛の二つの任務を担えるほどの余裕はないぞ。直接的にはゴームリー中将の管轄とはいえ、そこを奪われて泣きを見るのは我々だ。何か早急に対策を打つ必要がある」

「それは可能でしょう」

レイトンは言う。

「何がある。情報参謀？」

「ガダルカナル島攻略に向けて整備していた空母部隊。あの部隊を使いましょう。いまはガダルカナル島よりポートモレスビーの確保に傾注すべきです」

「ガダルカナル島攻略部隊の戦力は……」

「空母ホーネットに空母サラトガ、さらに戦艦ペンシルベニアです」

スミス参謀長が即答する。

3

吉成海軍大佐は、ここ数日の動きに目を見張っていた。ラビの攻略のために部隊が動いていることは知っていたが、それがここに来て急になった。

どうもミルン湾の水上戦闘機隊が敵機を撃墜したことで、敵の動きを刺激したためらしい。

ポートモレスビーからの偵察機の迎撃や水上戦闘機隊によるラビの工事現場爆撃などが報復で行われるなど、にわかに緊張の度合いを強めている。

ただブナ地区の航空隊は全体的に抑制的だった。戦艦伊勢・日向によるラビ攻撃を控え、本格的な攻勢を気取られないためだ。だからミルン湾の水上戦闘機を増強するとか、高台に対空火器を設置する程度のことしか行っていない。

それでも大規模な攻勢準備は進められていた。一つにはアンゴ基地の拡張が行われ、滑走路が増設された。

もともとマラリア対策のために基地周辺の雑草などは刈り払われ、かなり広い更地はできていた。そこにブルドーザーやローラーで整地転圧して滑走路を築き、穴あき鉄板が敷き詰められた。

小型車両は単純な構造なので、耐久性は材料に依存する部分が大きかった。製鉄会社にとっても、小型車用の鉄材の品質向上と規格化・標準化はビジネスとしてメリットがあった。また陸海軍もそうした動きに対して好意的で、補助や支援策が用意された。

結果として品質の揃った高張力鋼が量産され、こうして滑走路用穴あき鋼板などが調達可能となったのだ。

さすがに土壌改良した滑走路には耐久性で劣るが、一回の作戦をこなす程度のことは十分可能である。

この方法で、アンゴの飛行場は陸攻も運用可能な滑走路が二本確保できた。

吉成が驚いたのは、穴あき鋼板の仮設滑走路に陸軍航空隊が進出してきたことだ。仮称三式戦闘機飛燕《ひえん》という、非常に精悍な姿の戦闘機が一五機進出してきた。

陸軍の重戦闘機で、主力となることを期待された新型機だという。仮称というのは制式化はまだということで、それは飛行機の性能というより、行政的な事務処理問題のためらしい。

それが最前線のアンゴに進出してきたのは、ブナ地区の航空戦力増強とともに、飛燕戦闘機の実用試験的な意味合いがあるという。重戦闘機がどこまで戦えるか、ここでの実戦で確認するのだ。

陸軍部隊には自分たちと共用する施設と独自の宿舎や指揮所が用意されていた。それは当然のことだろう。

ただ上層部には話のわかる人がいたらしく、陸軍部隊の人間の多くは、アンゴの海軍部隊とオートバイ同好会か何かの知り合いという人間が多数いた。

だから海軍の戦闘機乗りから敵機の特性を陸軍搭乗員が学んだり、陸海両軍で模擬戦を行い、検討会を開いたり、基地のバイクで競技会をしたりしていた。

さらに驚かされたのは、海軍からも攻撃戦力として艦爆隊が送られてきたことだ。陸攻隊の代替というより、これまた新型機の試験のためという。

そしてこの新型艦爆が、陸軍の飛燕によく似た水冷式の爆撃機だった。こちらは彗星《すいせい》というらしい。やはり制式化前だ。

両者の姿が似ているのは、エンジンが液冷式のダイムラーベンツ社のＤＢ６０１のライセンス生産だという。ライセンスは日本陸海軍の共同で契約したらしい。ライセンス契約の重複を避けるためと、生産の合理化のためだ。数は出ないだろうという目算で、系列の部品会社などは整理されていた。

液冷エンジンは日本では量産が難しいのではないかという意見もあったが、小型車量産の中でトランスファーマシンのようなものまで開発されていた工場現場は、この課題を難なくこなした。

材料に関しても、なにしろ単純な構造で強度確保という価格競争の圧力があったため、民間にも大量のニッケルなどの備蓄があり、高い品質のエンジンが製造できた。

彗星の場合、電気式の可動機構も多かったが、それらについても小型車用の電装品の技術が幸いし、電線などをはじめとして信頼性の高い部品を背景に高性能を実現していた。

このあたりは、外資によるフォードやＧＭのノックダウン生産が続いた日本で、価格低下のためにアメリカ製輸入部品に負けない性能の部品を作るという業者間の競争が働いたことが大きい。

これは日本以外のアジア地域でのフォードなどの自動車の売り込みに対して、日本製部品が着実にシェアを伸ばしていたことも追い風となっていた。電装品に関してはアメリカの自動車業界の規格とほぼ互換性を日本製品も持っていた。

これもあって、自動車関連産業の材料や工作手順の規格化や標準化も、少なからずアメリカ自動車産業の影響を受けていた。

このような背景で液冷軍用機は十分実用性を持っていた。そして、陸海軍ともに高性能の液冷機に期待するところが大きかった。

量産は始まっていたが、本格的な量産前に実践データが欲しい。だからこそアンゴの航空基地を試験場と選んだのだ。

「飛燕の護衛で、彗星によるポートモレスビー攻撃が計画されています。司令官の許可を願います！」

指揮所を訪れた陸海軍の若い将校らに、そう言われた吉成大佐は笑うしかなかった。

事後承諾という点では思うところがないではないが、陸海軍の新型機が翼を並べて敵を痛打するというのは、なかなか愉快ではないか！

「彗星の爆弾は」

「五〇番を搭載します」

「彗星の数は一五幾か」

一五機は配備された彗星のすべてであった。実戦データが欲しいという趣旨から言えば、全機出撃は当然のことだろう。

「出撃を許可する」

ほかに選択肢などあろうはずがなかった。

4

ポートモレスビーのレーダー基地は、じつはこの時点で稼働している局は一つだけだった。

日本軍もレーダー運用を行うようになったためか、ポートモレスビーへの攻撃では、レーダーを優先的に攻撃するようになっていた。

自分たちも運用しているから、何を攻撃すべきかがわかるわけである。

したがってこの時、日本軍の戦爆連合の姿を探知できたレーダーは一基のみだった。この一基が機能していたのは、移動式の簡便なレーダーであるためだったが、解像度では地上設置型より劣っていた。分解能はアンテナの大きさに比例するから、これは仕方がない。

それでも日本軍の航空隊がアンゴからやってきたらしいことは把握できていた。解像度の悪さが問題となるのは、敵戦力の規模が正確に把握できない点だった。

しかし、アンゴからの航空隊ならたかが知れている。ポートモレスビーの消耗が激しいのと同様に、ブナ地区の日本軍の消耗も激しいはずだ。

だから迎撃に上がった戦闘機は、P39やP40などの混成で一〇機ほどだった。正直、現場のパイロットたちははっきりと口に出したりしなかったが、自分たちの戦闘機の性能に疑念を覚えていた。

自分たちも敵機を撃墜しているが、それ以上に自分たちが撃墜されているからだ。

補給があるからなんとか航空戦力を維持できているものの、全般的に部隊の士気は低い。ミッドウェー海戦で日本軍に大勝したという報道を耳にしても、二月前といまとでは、食堂で顔を見る戦友の半数が入れ替わっていた。

それでもポートモレスビーは維持されている。飢えた将兵などもいない。しかし、昨日できたことが今日はできないというようなことも増えつつある。

幹部たちはラビの飛行場が完成すればニューギニアから日本軍を一掃できると言う。それはそうなのかもしれない。

しかし、現場の将兵にしてみれば、先になすべきことがあるように思えてしまうのだ。

レーダーにより、敵機がどこから来るかはわかっていた。ただ移動基地ゆえに現在の敵情を無線で伝達するまでには至らない。そのため敵を待ち伏せるという戦術も取りにくかった。

「いたぞ！」

当然といえば当然だが、彼我の航空隊は直線上を反対方向から接近しているので、互いに相手を真正面にとらえた。

「敵のほうが多いのか」

それが、まず意外だった。どう見ても敵部隊は三〇機近い数だ。そして、どれも見慣れない機体だった。

日本軍機は空冷星型エンジンのはずなのに、前方から来る敵機はすべて液冷エンジンの機体である。

「あれはドイツ軍機なのか」

ほとんどの将兵が、そう思った。

ドイツのメッサーシュミットのような戦闘機が飛んでくるのだから、同盟国ドイツから輸入したのではないか？　そんな印象を彼らは持ったのだ。

両者は正対したまま接近をつづけたが、それをいつまでも続けるわけにはいかない。前進する日本軍機に対して迎撃側が反転し、後ろから攻撃する形になった。

しかし、日本軍機もそれに対して大きく反転して対応し、気がつけば迎撃機の後ろをとっている。

運動性能では日本軍機が勝っていた。四丁の機銃がP39やP40を次々に撃ち落としていく。迎撃側が一機落とされるごとに、迎撃側は数で急速に劣勢に陥るからだ。

そうして攻撃側がポートモレスビーを視界に入れる頃には、迎撃機はほぼ一掃されていた。

この状況をレーダーは正確に把握できていない。無線設備と離れていることもあり、接近しているのは友軍機で、迎撃は成功したものと判断した。

レーダーのスコープ上では敵味方の識別はつかず、さらに片方が片方を圧倒しているように見えた。レーダー手たちの常識では、自分たちが航空戦で圧倒されるはずはなく、ならば圧倒されたのは日本軍機。したがって、接近中の航空隊は友軍機となる。

驚くべきことにレーダー手たちは、迎撃機がどれだけの規模で出撃したかも知らされていなかったのだ。

移動レーダー局の通信の不手際は、ここでさらに錯誤を拡大した。電話から「友軍部隊はどうなったか」との質問がなされ、彼らは「帰還中」と返答した。

質問の不手際ではあるが、返答もまた適切とは言いがたい。しかし、この不適切な問答により、ポートモレスビーの対空火器は警戒を解除してしまった。

航空機無線を傍受している人間も通信科にはいたが、彼は彼で全体状況を知る立場にはなく、結局、空戦の実情に一番通じていたはずの人間の情報は上には届かない。

そこに彗星の一群がなだれ込んだ。爆弾が投下されれば、さすがにポートモレスビーの守備隊も反撃するが、やはり液冷機がやってきたことで、彼らも友軍機の帰還を信じてしまった。

主として攻撃されたのは駐機中の爆撃機であり、さらに燃料タンク、そして車載のレーダーであった。

爆弾の直撃をすべてが受けたわけではないとしても、彗星の急降下爆撃の精度は高く、さらに五〇〇キロ爆弾の威力は無視できない。

車載レーダーは爆弾により吹き飛ばされ、燃料タンクも破壊された。掩体に入っていたＢ17爆撃機は全滅とはいかなかったが、それでも少なくない被害が出た。

一五機の彗星爆撃隊にしては、戦果は多大であった。

「帰還するぞ！」

陸海軍の合同航空隊は、それぞれの指揮官の命令にしたがい、アンゴの飛行場へと帰還していった。

第6章　戦艦ペンシルベニア

1

戦艦ペンシルベニアのチャールス・メイナード・クック艦長は、米太平洋艦隊司令部の戦闘序列の変更命令に従い、空母部隊とは別行動をとることになった。正確には、合流が延期されたことになるだろう。

最初は、空母サラトガとホーネットの空母部隊とガダルカナル島攻撃に参加するはずだったが、修理が完了したことで、オーストラリアのブリスベーンに向かうことになったためだ。

これは完全に外交的な配慮であった。ニューギニア方面やソロモン方面での日本軍の侵攻に対して、オーストラリア政府がアメリカの軍事力に疑念を抱かないよう、その国民に海軍力を誇示する必要があるとのことだった。

特に戦艦ペンシルベニアは真珠湾攻撃で一度は撃破された軍艦だけに、それが近代改装化された姿はオーストラリア市民に強い印象を与えると考えられたのだ。

ブリスベーンでの寄港は、どうやらオーストラリアだけでなく日本も意識したものだったらしい。つまり戦艦を投入することで、日本軍を牽制する意図がある。

ブリスベーンの戦艦は、ニューギニアにもソロモン海にも展開しうる。それだけ日本軍は侵攻よりも防衛に力を注がねばならなくなる。戦艦を表敬訪問させただけで、それだけの効果が期待できるなら安いものだろう。

そうした説明を受けていたが、クック艦長はそれだけではないと考えていた。海軍力のプレゼンスを示すなら、空母サラトガとホーネットの存在も誇示すべきなのだ。

しかし、そんなものは存在しないかのような扱いだ。

それで考えられるのは、自分たちが囮《おとり》という可能性だ。

戦艦単独で出撃しているなかで敵部隊が進出する。それが日本の空母部隊であれば、米空母部隊が奇襲をかけて撃破する。

それが考えすぎかどうかはわからないが、敵情に関する情報はいまひとつ少ない。

それは艦隊司令部も敵情を把握しきれていないためとも思えたが、現実に部隊を動かす身としては不安を覚えないと言えば嘘になる。

「ラバウルの伊勢、日向がどう出るかですね」

副長はそう分析しているが、それはクック艦長も同じだ。正直な話、戦艦ペンシルベニアで日本軍の戦艦と撃ち合いたいという思いは彼にもあった。

空母の活躍が目立つ昨今、戦艦の存在意義が問われていると言っても過言ではない。

「あえてラバウルまで戦艦を出してきたからには、使うつもりだろう。問題は、どう使うかだな。日本はミッドウェーで空母三隻を失っている。そのことを考えねばなるまい」

「考えると言いますと？」

「我々がブリスベーンに寄港したのと同じことだ。ラバウルの戦艦は、ニューギニアにも脅威であり、ソロモン海でも脅威となる。我々がそれを排除するためには、空母部隊を向けねばならない」

「しかし、そうなれば鎧袖一触《がいしゅういっしょく》では」

「戦えばそうだろう。しかし、戦わなかったら」

「戦わない？」

「日本の戦艦二隻が、我が方の空母の近くをうろつきながら姿を現さず、ゲリラ戦に徹したとしたらどうする？　空母部隊は日本戦艦を撃破しない限り、この領域から は動けない。つまり、空母二隻が遊兵化して戦力化できないから、実質的に空母二隻を沈められたに等しいだろう」

「ですが、それでは日本軍の戦艦二隻も半ば遊兵化するのではありませんか」

「遊兵化するかもしれん。しかし、戦艦と空母では重要度が違う。しかも日本の伊勢・日向は旧式の戦艦だ。日本海軍内でも持て余しているとすれば、空母を使えなくするだけでも大金星と言えるだろう」

クック艦長は状況をそう分析したが、それは彼にも苦さを感じさせた。時代遅れの戦艦と言うならペンシルベニアも大差ない。

戦艦を仕留められるのが空母という図式のなかで、空母をおびき寄せる囮としての意味しか戦艦にないとすれば、それは悲しい話である。

ただ日本軍はそうした運用しか思いつかないとしても、それ以外の使いみちが戦艦にはある。クック艦長はそう思っていた。

2

「戦艦ペンシルベニアが戦列に復帰したのか」

高須司令長官は、ブリスベーンを戦艦ペンシルベニアが表敬訪問したという外電の記事に、ある種の驚きを持っていた。

その情報自体は、なぜか井上連合航空艦隊司令長官よりもたらされた。どうも井上は外電の情報収集にも力を入れているらしい。

高須がその情報でもっとも強く感じたのは、真珠湾で撃破したはずの戦艦ペンシルベニアが早々に戦列復帰していることだった。

だから空母は駄目だ……などと言うつもりは、高須にはない。それではなくて、大破した戦艦をこれだけ短期間に修復してしまった米軍の実力に関してだ。

おそらくペンシルベニアにとどまらず、あと一隻や二隻は修理を終えて戦列に復帰するのではないか。さすがに高須も「だから真珠湾作戦は無意味だった」などとは言わない。それでも日本海軍の戦力的優位は思っていた以上に短いかもしれない。

それを彼は懸念するのだ。

しかし、井上からの情報はそれだけではなかった。

「敵空母部隊が活動中の疑いあり」

そうした連合航空艦隊としての分析が、高須司令長官あてに認《したた》めてあった。

一つには、米太平洋艦隊の空母サラトガとホーネットの所在がほぼ同時期にわからなくなっているという。にもかかわらず、戦艦ペンシルベニアだけは派手に所在を宣伝している。

これは戦艦ペンシルベニアを攻撃する日本軍に対して、空母でそれを奇襲する意図が考えられるというのだ。

高須は井上の意見を面白いと思った。敵空母部隊が奇襲を仕掛けてくるだろうという分析は確かに十分考えられる。

井上の分析はこうしたものであったが、彼は高須に対して何をしろという提案はしていなかった。それは第四艦隊司令長官の仕事であるからだろう。

高須司令長官がまず考えたことは、仮に戦艦ペンシルベニアが陽動部隊であったとして、では、どこを攻撃するのかということだ。

ラバウルやトラック島はあり得ない。それこそ自殺行為だろう。米海軍とて、戦艦を陽動に使うのはそれが装甲により打たれ強いからであって、沈めたいわけじゃない。よしんば大破したとしても生還が大前提だ。

ガダルカナル島はどうか？　それはかなり可能性が高いが、もしも日本軍の誘導を意図するならば、大きな問題がある。それは遠いということだ。

日本艦隊を誘導しようとすれば、ガダルカナル島を奇襲して逃げても、それで終わる。連合艦隊はガダルカナル島の再建は考えても、敵戦艦の追撃部隊は編成すまい。

そうなると、残るのはニューギニア島だ。ニューギニア島ならポートモレスビーの航空隊に守ってもらえる。

その状況で戦艦がとどまるなら、空母を含む艦隊が必要となる。そして、そこに米空母部隊が奇襲をかける。

シナリオとしては、それが一番納得できる。ただし、ここまでの論考には一つ大きな問題がある。

それは、米艦隊が日本の陸上基地をどの程度脅威と考えているかだ。ただ彼らは、海軍航空隊基地を空母並みに脅威と認識していないのではないかという気もする。

なぜならそれを脅威とするならば、そもそも米海軍部隊は動けないことになる。

あるいは、脅威とならない条件下で攻撃を仕掛けるか。

そこで高須司令長官はある可能性に思い至る。攻撃するだけの価値があり、自分たちへの脅威は最小の場所。

「参謀長、ミルン湾の現状を確認してくれ」

3

空母サラトガのクリントン・ラムゼー艦長は、空母ホーネットと邂逅《かいこう》するべく航行していた。

何がということはないのだが、タンカーの手配の関係で洋上補給を別々に行わねばならず、その関係で邂逅が遅れているのである。

一つにはガダルカナル島攻撃のはずの部隊が再編されたためだ。本当なら、サラトガとペンシルベニアがガダルカナル島の夜襲部隊となり、空母ホーネットが制空隊として二隻を支えることになっていた。だから二隻の空母は別行動をとっていた。

空母サラトガが戦艦ペンシルベニアと行動をともにするのは、その兵装に関係がある。空母サラトガには二〇センチ連装砲塔が四基装備されていた。

ガダルカナル島を砲撃するなら、戦艦と重巡並みの火力を持つ空母サラトガが望ましい。どうせ夜襲なら飛行機は飛ばせないし、敵軍が動く明るい時間帯には、サラトガは空母として部隊を守ることができる。

これは航空基地であるガダルカナル島を攻撃することで考えられた編制であった。だからペンシルベニアとサラトガは行動をともにすることになった。

当初は上陸部隊の護衛という話があったのだが、海兵隊の準備に時間がなお必要なのと、複数回の攻撃でガダルカナル島を疲弊させ、同時に日本軍を誘出するとされたのだ。

しかし、作戦はさらに変更され、戦艦ペンシルベニア単独でのミルン湾攻撃となり、ペンシルベニアとサラトガは別行動と命令され、結果として、いまこうしてホーネットとの合流を急ぐこととなったのだ。

「基本的に我々の任務は、戦艦ペンシルベニアの護衛となる」

ラムゼー艦長は、主だった将校らにそのことを説明する。作戦変更に関する説明は何度目だろうと思いながら、今回もするのだ。

「我々はミルン湾とブナ地区を遮断する位置に進出し、ブナ地区から出撃した日本軍機を奇襲する。そして状況に応じてブナ地区の日本軍陣地を一掃する」

説明しながらラムゼー艦長が思うのは、作戦が複雑すぎるということだ。

ミルン湾を攻撃するだけなら、空母二隻で通り魔的に行えばいいのだ。そうはいかないのは、どうやら戦艦ペンシルベニアを使わねばならないという考えからだ。海軍力を誇示したいのか、そのへんはよくわからない。日本軍をおびき出すというのも、戦艦ペンシルベニアを投入するための口実のようにさえ思えてくる。

もっとも、ならばせっかくの戦艦をお前は遊ばせてもいいのかと問われるなら、ラムゼーも答えに窮するだろう。ただ戦艦の投入を前提としたことが、作戦の二転三転につながっているとラムゼー艦長には思えて仕方がなかった。

「ペンシルベニアの攻撃は？」

「深夜の零時の予定だ」

邂逅はまだだが、それでも朝にはホーネットとサラトガの航空隊がペンシルベニアを守れる位置にはつける。

「飛行長、明日は忙しくなる。搭乗員たちには十分な休養を取らせよ」

そしてラムゼー艦長は思う。

「すべては明日決まる」

彼の予想は半分当たっていた。

4

戦艦日向と戦艦伊勢の第二戦隊は駆逐艦を伴いながら、ミルン湾に向かっていた。そこで輸送船団を待ち、しかる後にラビを砲撃し、占領する。

その混乱に乗じてブナ地区をはじめとする各方面からの航空隊がポートモレスビーを急襲。ポートモレスビーがそれらへの応戦が手一杯のなかで、第二戦隊がポートモレスビーに砲撃を仕掛け、上陸部隊がそこを占領する。

作戦の骨子は単純明快だ。戦艦日向の松田艦長はそれだけに、作戦の成功を確信していた。

ミッドウェー海戦の敗因はいくつも指摘されているが、松田艦長は作戦にあれもこれもと目的を盛り込みすぎたのが敗因だと考えていた。言い換えれば、作戦目的が不明確なのだ。

だから空母部隊は爆弾の換装という危険な真似を敵前で行う羽目になった。むろんそれは後知恵ではあるが、後知恵だからこそ、次の作戦には生かさねばならない。

もっとも伊勢・日向が動けば敵部隊が動くのではないかという意見もある。それはそれで、もっともだとも思う。しかし、その場合は臨機応変に対処すればいい。

あくまでもいま現在は、自分たちの役割はラビの砲撃であり、ポートモレスビーの砲撃だ。

砲術家の松田艦長にとって、この作戦は感慨深い。空母や基地航空隊が海軍の主軸になりつつあるなかで、戦艦をどう活用するかは重要な問題である。

国力に限りのある日本で、「空母時代に戦艦の出る幕はない」などという話は通用しないのだ。多額の国費をついやした戦艦だからこそ、有力な戦力として活用する道を見いださねばならない。

そうしたなかで敵の陸上施設を砲撃し、破壊するというのは、空母時代の戦艦運用として考えるべき道だろう。

戦艦は主砲の射程距離内でしか戦えないが、そのかわり、その領域内では大量の砲弾を精度よく敵陣に叩き込むことができる。

三六センチ砲弾の重量は七〇〇キロ弱だが、これだけの爆弾を運べるのは陸攻しかない。

戦艦は一門あたり一〇〇発が標準であるから、戦艦伊勢と日向で、二四門掛ける一〇〇発で、二四〇〇発の砲弾を撃ち込むことが可能だ。

つまり第二戦隊だけで、陸攻二四〇〇機分の爆撃に等しい鉄量を相手に与えることができる。

一六〇〇トンあまりの砲弾を受けて無事な陣地などあるはずがない。

むろん現実の戦闘で二四〇〇発を撃ち込むことはまずないが、それでも一〇発撃ち込めば陸攻で二四〇機分、砲弾重量で一六〇トンあまりの打撃を相手に与えることができる。

こうして航空機と戦艦の得手不得手を補いあえば、敵に対してかなりのことができるはずだ。

「空母時代の戦艦の戦い方を作り上げていこうじゃないか！」

5

戦艦ペンシルベニアによるミルン湾の攻撃は、クック艦長の判断にしたがい午前零時に行われることとなった。艦隊司令部には色々な思惑があるだろうが、攻撃の最終決定権は自分にある。

だから彼としては、敵航空隊からの反撃がない夜襲を選んだ。敵艦隊を誘導するにしても、相応に出撃させる時間も必要だろう。

深夜の奇襲攻撃は別に問題ではないのだが、一つ厄介なのは、ミルン湾が予想外に大きいことである。

湾の入口から砲撃をかけても対岸まで届かない。それくらい大きい。だから湾内にある程度進出して、対岸を砲撃した後に撤退しながらの砲撃となるだろう。

あいにくとミルン湾攻撃計画自体があとから変更されたものであるため、準備不足は否めない。ミルン湾の海図さえ十分とは言えない。

海図が信じられるなら、湾の入口からの砲撃でも十分であるが、それでも不安要素がある限りは実地で確かめる必要がある。

もし海図が正しいなら、退路を確保しつつ攻撃を行うだけのことだ。

ミルン湾の日本軍を全滅させるつもりは、クック艦長にはない。と言うより、日本軍の状況がわかっていない。第二戦隊はまだ進出していないということしかわかっていない。

ただ大規模部隊ではないことはわかっている。水上戦闘機隊もあるようだが、それ自体は戦艦の脅威にはならない。

ともかく敵の拠点らしい場所を砲撃し、撤退する。陽動作戦としてはそれで十分だろう。

「湾の入口付近に船舶が一隻停泊しています」

それはレーダー手からの報告だった。

「湾の入口？　これから入港しようというのか」

「移動はしておりますが、湾内に向かっているようでもありません。また哨戒艇にしては大きすぎます」

クック艦長は迷う。こいつを砲撃するのは簡単だ。しかし、初手から気取られるのは面白くない。

ただ、戦果としては手頃という考えもなくはない。だが結局、その船は見逃した。ミルン湾から北上し始めたためだ。

自分たちがミルン湾に到達する頃には攻撃は難しくなっている。わざわざ追撃するほどの標的でもない。

しかし、戦艦ペンシルベニアがミルン湾に接近した時、レーダー室から緊急電が入る。

「敵編隊が接近中です！」

6

水上戦闘機母艦から吉成司令官に報告があったのは深夜だった。ミルン湾に敵軍艦らしきものが接近中という。

大型軍艦であり、例の戦艦ペンシルベニアではないか？　それが水上戦闘機母艦の判断だった。

すでに水上戦闘機母艦は退避しており、ミルン湾の入口にある山頂の見張り台では、その方面を監視していた。それによると、確かに戦艦らしいシルエットが見えるという。

艦影ははっきりしないものの、距離に比してマストの高さが高いから、それは戦艦であろうという見立てだ。

深夜である。航空隊を出すのは非常識だ。しかし、海軍航空隊は夜襲の訓練も行ってきた。

それに夜間であるから飛行機が出せないというのは、護衛の戦闘機も不要ということだ。

そして、アンゴの飛行場には夜間照明設備が整っていた。内陸の基地なので、海岸線から行動を読まれることはない。

上級司令部もアンゴの飛行場だけに出撃許可を出した。ほかは夜間照明設備が整っていない。

相手が戦艦なら陸攻隊としては、夜間出撃には慎重にならざるを得ない。そして、陸軍航空隊は洋上航法の訓練ができていない。

アンゴには彗星艦爆隊の一五機がある。このへんは海軍航空隊の上のほうも、彗星がどこまで使えるか確認したいという意図があったのだろう。

艦爆なので爆装しかしない。それで戦艦を撃沈可能かどうかはわからない。しかし、大破させることは可能だろう。

一五機の艦爆は出撃するが、途中で五機の水上戦闘機隊と合流する。敵機にそなえてではなく、吊光投弾《ちょうこうとうだん》を行うためだ。

そのため水上戦闘機は戦艦ペンシルベニアの手前で分離し、艦爆隊から見て、戦艦ペンシルベニアの後ろにまわった。

戦艦ペンシルベニアもすでに日本軍機の動きはわかっているはずだが、積極的な動きはない。対空火器さえ沈黙している。

対空火器の沈黙は、おそらくは高角砲などの砲口炎を頼りに爆撃されることを警戒してだろう。

つまり敵艦は、艦爆隊の接近を十分理解していながらも、深夜に攻撃をかけてくることに対して、かなり懐疑的であるということだ。

それはそうだろう。普通はこの状況で攻撃しても成功はしない。

そして、一部の航空機は戦艦ペンシルベニアとは無関係の場所を飛んでいる。

状況がはっきりしたのは、吊光投弾により空が明るくなった時だ。

クック艦長らも周囲で何が起きてるのかわからなかった。照明弾の類《たぐい》が灯《とも》されたのはわかったが、だから何が起こるのか？

その答えは、急降下をかけてくる艦爆隊が教えてくれた。

戦艦ペンシルベニアの対空火器からは、上空の艦爆隊の姿はわからなかった。しかし、吊光投弾により彗星の側からは、戦艦ペンシルベニアのシルエットがはっきりと見えた。

もちろん船体の詳細は判別できないとしても、それはこのさい関係ない。爆弾の落下地点に戦艦がいてくれれば、それでいいのだ。

一五機の艦爆は三機一組で、五回に分かれて攻撃を仕掛けた。夜間で衝突などを避けるためと、戦果確認の意味がある。

戦艦ペンシルベニアの対空火器要員は、照準も定まらぬままに相手を牽制することだけを目的に戦闘を開始した。

機銃の曳光弾《えいこうだん》は激しかったが、照準の格好の目標となった。なにしろ機銃の位置だけでなく、風によって弾道が変わるから、風速や風向のデータも与えてくれる。

さらに機銃の照準は艦爆からはずれていた。

航法員が慎重に照準を読み取り、操縦員が爆弾を投下する。五〇〇キロ徹甲爆弾は機銃座を直撃して爆発した。

彗星を狙っていた機銃は、艦橋構造物に装備されていた機銃であった。それに照準をつけたが、少しそれて艦橋左舷側にある両用砲に命中してしまう。

砲塔の弾薬庫を直撃することはなく誘爆こそ免《まぬが》れたが、艦橋周辺は激しい火災に見舞われた。この火災のために艦橋周辺の両用砲は直撃を免れたものも停止してしまう。

後続の艦爆二機も投弾したが、命中は一発だけで、それは戦艦のカタパルトを吹き飛ばした。艦載機が炎上し、それもまた艦を照らす。

ラムゼー艦長は艦橋近くに火災が発生したため、艦内の応急指揮所を艦の中枢とした。ここはダメージコントロールを指揮する場所であり、その点でも好都合だ。ただし、艦橋を捨てざるを得ないという状況はまずい。

火災は激しいが、鎮火は容易と思われた。カタパルトはそれだけのことだし、米海軍は砲塔の誘爆には神経を使っている。じじつ火薬庫の注水は進んでいた。

しかし、日本軍機の爆撃も執拗だった。よもや夜間に爆撃を仕掛けてくるやつがいるとは思わなかった。ましてや命中弾を出すなどとは。

戦艦ペンシルベニアはここで大きく転舵し、第二次と第三次の艦爆隊をやり過ごす。

第四次の艦爆隊は、なぜか護衛の駆逐艦に爆弾を命中させてしまった。それは誤認などではなく、彗星艦爆はそれが駆逐艦であることを認識していた。

ただ駆逐艦側が戦艦を守るべく猛追し、対空火器を激しく打ち上げたのである。

とはいえ、駆逐艦も艦爆隊を正確には把握していない。ほとんど勘による砲撃だ。

しかし、これにより第四次の艦爆隊の先頭機はタイミングを外され、皮肉にも誤った投弾で、駆逐艦にそれが命中してしまう。

二番機はそれが誤ったタイミングとわかっていたが、隊列を乱さないまま投弾し、失敗した。

殿《しんがり》の三番機は前の二機が投弾したために、疑問を覚えつつも照準し、投弾して命中させた。

爆弾二発の命中で駆逐艦は大破したが、目的である戦艦への攻撃を阻止する点では成功した。

そして最後の第五次艦爆隊の三機は、さらに二発の徹甲爆弾を命中させ、艦内に火災を生じさせた。正直、これが戦艦ペンシルベニアにとってはかなり大きな損傷となった。

艦首と艦尾の交通を遮断され、被弾箇所周辺は電力を失った。火災は上甲板から下に広がりそうだったが、それはバケツリレーまで駆使してなんとか食いとめた。

戦艦ペンシルベニアにとって幸いだったのは、機関部も操舵室も無事であり、船としては航行可能なことだった。

一方で、無線通信はほぼ途絶した。修理可能とは報告されているが、数時間は通信手段がない。だから通信は護衛の駆逐艦から行わねばならなかった。

ただ、あいにくとクック艦長は部隊指揮官ではなかった。部隊指揮官は、本当なら行動をともにするはずの空母サラトガに将旗を掲げていた。

本当なら、それは望ましいことではなかったが、夜間に奇襲されるとは誰も考えておらず、短期間なら問題なしと考えられたのだ。

部隊指揮官ならクック艦長が将旗を駆逐艦に移して、彼も移動すればよかったが、現状ではクック艦長は持ち場である戦艦を離れられない。

艦隊司令部との通信は否応なく煩雑になった。つまりは伝言ゲームが起こりやすい。

特に戦艦ペンシルベニアの状況報告については、駆逐艦から見た報告が中心となった。

そして外から見る分には、戦艦の損傷はそれほど深刻には見えなかった。内部の損傷は外からわからず、鎮火した段階でそのことを報告するだけだ。

じっさい駆逐艦からは「航行可能か」を尋ねるだけであり、クック艦長からは「航行可能」との返答が届くので、そのまま司令部に報告される。

司令部はしたがって、必ずしも正しい状況を把握しているわけではなかった。

ニミッツ司令長官は、それでも航行可能な戦艦ペンシルベニアの安全を確保するため、もっとも近い場所にいる空母ホーネットに合流するよう命じた。

空母ホーネットにもその旨を伝えたが、結果的に空母サラトガは邂逅のための進路変更を再度強《し》いられることになり、邂逅はまた遅れた。

　クック艦長は、ここで戦艦ペンシルベニアを空母部隊へと向けた。彼は部隊指揮官ではないので、それはそれで話は完結している。

　問題は同行する駆逐艦群で、彼らに命令を下すものが不在であった。駆逐艦の四隻が最初の命令にしたがって戦艦ペンシルベニアにしたがい、一隻が大破した駆逐艦の救助にあたった。

　クック艦長を非情と言う者はいない。この状況ではほかに選択肢はない。さらに第二次攻撃の恐れがあった。夜襲自体が非常識なのであり、一度仕掛けたら二回目もあると考えるのが自然だ。

「レーダーに反応は？」

　鎮火の報告を受け、人心地ついたクック艦長はレーダー室に確認する。

「敵影はありません」

「さすがに日本軍も二度の夜襲をかけるほど非常識ではないか」

7

「第二次攻撃をかけるだと！」

吉成司令官は艦爆隊の要求に目をむいた。夜間攻撃で全機帰還し、敵戦艦に多数の爆弾を命中させただけでも大戦果ではないか。それなにのなぜ第二次攻撃か？

「彗星をいじめてみたいのです」

艦爆隊の隊長は、そう主張する。

ようするに、自分たちには彗星艦爆がどこまで使えるかを確認する任務がある。夜襲もそれで行った。ついで波状攻撃もかけたいという。最低限度の整備で再出撃できるかどうかを確認したいというわけだ。

「機体の異常を感知したらためらわず帰還する。それを条件に出撃を認めよう」

「ありがとうございます！」

こうして彗星艦爆隊は再び出撃すべく準備にかかる。水上戦闘機母艦は下げたままだが、そちらの電探に反応はない。艦爆隊は、敵艦が損傷したので、南下しオーストラリアに戻るのではないかと予測していた。

こうして二時間足らずの間に整備と補給を終えた彗星艦爆が出撃した。途中一機がエンジン不調により帰還したが、残り一四機はそのまま前進した。

空はまだ夜である。そうしたなかで、彼らは前方に灯《あか》りを認めた。何か燃えているものがある。

「敵戦艦ではないか！」

艦爆隊はそう考えた。あれだけの攻撃でそうそう簡単に鎮火するはずがない。そういう先入観が彼らにはあった。

だが接近してわかったのは、それは誤爆した駆逐艦であった。それがまだ浮いている。ただし、爆弾の命中した駆逐艦と救助にあたる駆逐艦を除けば、ほかに艦艇の姿はない。

艦爆隊の指揮官は、ここでまずこの二隻の駆逐艦を攻撃する。無駄足をふまされたという憤りと、やはり放置してはおけないという考えからだ。

損傷駆逐艦は爆弾一発でケリがついた。その僚艦には三発の爆弾が命中し、轟沈《ごうちん》した。

ただここまでに六機の彗星を費やしてしまい、残存は八機。指揮官は投弾を終えた機体には帰還を命じ、残りの機体には最初の攻撃海域の南側を捜索させる。

しかし、それは戦艦ペンシルベニアの逃走方向とは反対側だった。ぎりぎりまで探したが、彗星艦爆隊は虚《むな》しく帰還するよりなかった。

そして朝が来た。

8

「電探に反応があります」

戦艦日向の松田艦長はその報告を夜明けと同時くらいに受け取った。

「どんな反応だ？」

「大型艦艇と思われます。もしかするとミルン湾に接近したペンシルベニア級戦艦かもしれません」

「ペンシルベニア級戦艦か」

電探によると、敵の大型軍艦は自分たちの前を斜めに横切るような形で航行中らしい。二〇ノットは出ているというから商船ではなく、さらに軍艦としても原速での移動ではない。

「ラバウルに報告し、指示を仰ぐ」

松田艦長の判断に戦艦日向の幹部たちは意外の念を持った。艦長なら果敢に敵戦艦に攻撃を仕掛けると考えていたためだ。

しかし、彼はもっと冷静だった。

「現在の位置関係で敵戦艦を追跡しても、戦闘可能なまで接近するには夕方までかかってしまう。それよりも、周辺の基地航空隊で攻撃したほうが合理的だ。陽が沈むまで何度でも攻撃できるだろう」

幹部たちは、松田艦長の意見に反論できなかった。現実問題としてこのままの状況だと、航空隊が発見すれば彼らに撃破されるだけだ。

それならば電探が探知した情報を迅速に基地航空隊に伝えるべきではないか。

じっさい第四艦隊の高須司令長官も同じ判断になったらしい。戦艦日向と伊勢は電探で可能な限り追撃を行うこと。命令はそれだけだ。

追撃とあるのは司令長官の配慮であって、現状、自分たちは追跡できても攻撃はできない。その前に航空隊が始末している。

「それが近代戦というものなのだろう」

松田艦長はそう思った。

9

山田第一電撃設営隊長は、高速艇によりニューギニアに渡る準備を終えていた。ガダルカナル島の工事は完了し、陸攻隊も進出するまでになった。

乙編制の設営隊を運んできた高速艇で、自分たちはラバウル経由でニューギニアのミルン湾に向かう。

しかし、出発は間際になってとめられた。海戦が展開されるので、それが終わるまでとどまれという。

何が起きたのか、そこまでの説明はない。すでに彼らは引き継ぎを終え、ガダルカナル島の関係者ではないからだ。

しかし、船からの光景は彼にヒントを与えてくれた。一八機の陸攻が、同数の戦闘機隊とともに出撃する。

「敵戦艦でも現れたか？」

10

空母ホーネットとの邂逅まで、戦艦ペンシルベニアは慎重に航路を選んでいた。日本軍のレーダーに察知されないように航行を続けていたのだ。

慎重にならざるを得ないのは、昨夜の攻撃でレーダーの性能が安定しないからだ。不調の原因はわからないが、遠距離の感度が著《いちじる》しく低下し、よくて半径三〇キロ程度の範囲しかわからない。

それでも戦艦はなんとか航行している。

明るい話題は、空母ホーネットから直衛戦闘機を何機か出してくれるという話だ。相変わらず駆逐艦経由だが、あと一、二時間で来るらしい。

そうしている間にレーダー室から航空機を発見したとの報告が届く。方位からすればホーネットの航空隊だ。

「三〇機以上の編隊です」

レーダー室の報告はクック艦長を当惑させる。三〇機も直衛戦闘機が来るというのは多すぎる。

その解答は見張員の眼が教えてくれた。

「敵編隊、接近中！」

「なに、馬鹿な！」

確認を命令するが、それは明らかに敵だ。空母から双発爆撃機が発艦することなど、いかにホーネットでも二度はない。

すぐに対空戦闘準備が命じられるが、将兵の動きは鈍い。昨日の攻撃と火災で、対空火器の半分が使えないのだ。

それでも戦艦は対空戦闘を行ったが、それは早計だったかもしれない。

経験を積んだ搭乗員たちは、昨夜の艦爆の攻撃で、戦艦ペンシルベニアが損傷し、どこが弱いのか、それを教える結果となったのだ。

水平爆撃隊九機が、まず弱点方向から侵入し、爆弾を投下する。それはガダルカナル島にとってなけなしの八〇〇キロ徹甲爆弾であったが、その一発が命中した。

昨日の損傷箇所への命中である。そこは再び破壊され、火災が広がる。すでに上甲板は破壊されていたから、爆弾は艦内の深部で爆発した。

これにより電力が失われ、対空火器がとまる。その隙を突いて雷撃隊が左右両舷から接近する。

九発の航空魚雷のじつに四発が戦艦に命中した。この爆撃と雷撃で、戦艦ペンシルベニアは急激に浸水し始めた。

クック艦長は総員退艦を命じた。電力を失っては艦を救えないのは明らかだ。彼は艦と運命をともにするつもりもない。それよりも捲土重来《けんどちょうらい》を考える。

陸攻隊が去り、日本軍機が消えたなかで、駆逐艦に救助されたクック艦長は自分の上を飛ぶ一〇機ほどの戦闘機を認めた。

それはＦ４Ｆ戦闘機隊であった。

「遅いんだよ」

クック艦長にそれ以上の感想はなかった。

（次巻に続く）

コスミック文庫

帝《てい》国《こく》電《でん》撃《げき》航《こう》空《くう》隊《たい》 1
陸海合同作戦始動!

2024年3月25日　初版発行

【著 者】
林《はやし》　譲治《じょうじ》

【発行者】
佐藤広野

【発 行】
株式会社コスミック出版
〒154-0002 東京都世田谷区下馬 6-15-4
代表　TEL.03(5432)7081
営業　TEL.03(5432)7084
FAX.03(5432)7088
編集　TEL.03(5432)7086
FAX.03(5432)7090

【ホームページ】
https://www.cosmicpub.com/

【振替口座】
00110-8-611382

【印刷／製本】
中央精版印刷株式会社

乱丁・落丁本は、小社へ直接お送り下さい。郵送料小社負担にて
お取り替え致します。定価はカバーに表示してあります。

ISBN978-4-7747-6546-4 C0193